BLONDER ENGEL

KRIEGSJAHRE EINER FAMILIE

MARION KUMMEROW

Übersetzt von

SILVIA HILDEBRANDT

Blonder Engel — Kriegsjahre einer Familie, Band 1

ISBN Printausgabe 978-3-948865-04-7

Herstellung und Verlag:

Marion Kummerow
c/o WirFinden.Es
Naß und Hellie GbR
Kirchgasse 19
65817 Eppstein

Übersetzung: Silvia Hildebrandt

Titelbildgestaltung: http://www.StunningBookCovers.com

Frau: Private Lizenz

Hintergrund: Depolsitphotos

Dieses Buch basiert auf einer wahren Geschichte, historische Persönlichkeiten und Vorfälle wurden sorgfältig recherchiert und wiedergegeben. Die Haupt- und Nebenpersonen wurden fiktionalisiert.

KAPITEL 1

Berlin, Januar 1943

Ursula blickte mit feuchten Augen auf den Stahlhelm neben sich. Eine Träne rollte ihre Wange herunter, als sie den Standesbeamten fragen hörte: „Nehmen Sie, Ursula Klausen, Andreas Hermann zu Ihrem rechtmäßig angetrauten Ehemann?"

„Ja", antwortete sie, bemüht, ihre Stimme ruhig und fest klingen zu lassen. Sie strich eine imaginäre Strähne ihres schulterlangen, blonden Haars hinters Ohr, streckte ihre Hand aus und ließ ihre Fingerkuppen über das harte und kalte Metall des Stahlhelms gleiten.

Sie würde keine Antwort erhalten. Der Helm war stumm und ihr Verlobter weit weg an der Ostfront, außerstande, Heimaturlaub für seine eigene Hochzeit zu bekommen. Unendlich traurig stellte sie sich ihren geliebten Andreas vor, wie er in diesem Moment neben einem weißen Schleier saß, anstatt hier, neben seiner Braut. Ihre Kehle war wie zugeschnürt. Wenn zwei verliebte Menschen heirateten, sollten sie dies auch gemeinsam tun.

Der Standesbeamte fuhr mit den Formalitäten fort und las die Einverständniserklärung des Bräutigams vor, bevor er die beiden Trauzeugen bat, die Heiratsurkunde zu unterzeichnen.

Ursula steckte den goldenen Ehering an ihren Ringfinger und flüchtete sich in Tagträume. Dies sollte der glücklichste Tag ihres Lebens werden, aber der Krieg, der Andreas von ihrer Seite gerissen und in den Schützengraben geschickt hatte, hatte alles ruiniert. Und ihr blieb nichts anderes übrig, als sich unentwegt um ihren Verlobten zu sorgen.

Seufzend ließ sie ihren Blick über die fünf anwesenden Gäste schweifen, die sich in dem kargen Raum im dritten Stock des Standesamts versammelt hatten. Ihre zukünftige Schwiegermutter, eine ältere Base und ihre Mutter, würdevoll wie eine Nonne. Ihre Schwestern Anna und Lotte, die beide ein aufgesetztes Lächeln zur Schau trugen. Das Lächeln verschwand in dem Moment, als sie Ursulas Blick bemerkten. Dann sahen sie beide gleichzeitig weg.

Schlagartig kochte die Wut in ihr hoch. Es war ja nicht so, dass sie den Glauben an den Führer oder an den Krieg verloren hatte. Ganz im Gegenteil: Der Führer hatte der deutschen Bevölkerung versichert, dass die Niederlage bei Stalingrad nur ein vorläufiger Rückschlag war, und Ursula glaubte ihm. Mehr noch, sie klammerte sich mit jeder Faser ihres Seins an seine Worte. Als ob der Glaube an Hitlers Aussagen Andreas' sichere Rückkehr garantierte. Seine Rückkehr zu ihr, seiner Ehefrau.

Aber gleichzeitig krochen Zweifel in ihr Herz. Der Krieg hatte ihr die Männer genommen. Ihr Vater, ein Mann in den Vierzigern – dessen weißblonde Haarfarbe und elektrisierende blaue Augen sie geerbt hatte – war nicht hier, um sie zum Altar zu führen oder mit seinen kratzigen Lippen über ihre Wange zu streichen. Für Ursula war er immer ein Fels in der Brandung und ihr Beschützer gewesen. Es zerriss ihr das Herz, zu wissen, dass er da draußen in den Schneestürmen des harten sowjetischen Winters kämpfte, zusammen mit ihrem jüngeren Bruder Richard.

Richard war kaum mehr als ein Junge von sechzehn Jahren gewesen, als die Nazis ihn und seine Freunde aus der Schule geholt und in den Krieg geschickt hatten. Schuljungen, die nicht auf die Härte und die Grausamkeiten an der Front vorbereitet gewesen waren.

Sehnsucht ergriff Ursula, als sie sich an den Tag vor Richards Abreise erinnerte: Die Uniform hatte seine schlaksige Statur noch dünner aussehen lassen und das blonde Haar war zerzaust, als er den Helm aufgesetzt und mit einem schiefen Grinsen versucht hatte, seine Mutter zu beruhigen.

Mutter hatte ihre Sorgen und Ängste nicht ausgesprochen und auf ihrem Gesicht hatte derselbe ernste Ausdruck gelegen, den sie auch heute trug. Trotzdem hatte Ursula deutlich die Verzweiflung ihrer Mutter darüber gespürt, dass sie ihr Kind in den Krieg schicken musste.

„... ich erkläre Sie hiermit zu Frau Ursula Hermann." Die Stimme des Beamten riss sie zurück in die Gegenwart. Sie stand auf und nahm die Glückwünsche der wenigen Gäste entgegen.

Mutter umarmte sie für einen kurzen Moment und hielt sie dann auf Armeslänge von sich. „Du siehst reizend aus, mein Liebling."

„Danke, Mutter. Anna und Lotte waren eine große Hilfe." Ursula winkte ihren Schwestern zu. Die ein Jahr jüngere Anna hatte Ursulas blonde Locken hochgesteckt und ihr einen leuchtend roten Lippenstift verpasst. Die Farbe betonte ihre Lippen zu zwei perfekten Bögen und kontrastierte wunderbar mit ihren leuchtend blauen Augen.

Sowohl Anna als auch Lotte hatten ihre Kleiderkarten zusammengelegt, damit Ursula ein neues Kleid und eine Handtasche für ihren großen Tag hatte kaufen können. Sie sah hinunter zu ihrem wadenlangen, dunkelblauen Rock aus schwerer Wolle und dem taillierten Jäckchen in derselben Farbe. Die einzige Reverenz an diesen besonderen Anlass war ein weißer Spitzenschal, der um ihre Schultern drapiert war. Ihre Mutter hatte sie mit dieser wertvollen Aufmerksamkeit überrascht, die sie aus einem alten Vorhang genäht hatte.

Ursula war immer stolz auf ihre Wespentaille und ihre weiblichen Hüften gewesen, aber als sie ihre Hände über den Rock gleiten ließ, spürte sie darunter nichts als Knochen. Obwohl die Regierung genügend Rationen verteilte, um jeden einigermaßen satt zu bekommen, erlaubten diese gewiss nicht, dass man Fett ansetzte.

„Alles Gute", beglückwünschte ihre Schwiegermutter sie mit einem formellen Handschlag. Die Frau war in dieser besonderen Situation verständlicherweise um Worte verlegen. Ihr Sohn konnte bei seiner eigenen Trauung nicht anwesend sein. Genauso wenig wie ihr Ehemann, der als vermisst gemeldet war.

Die ältere Base tupfte mit einem makellos weißen Taschentuch über ihre Augen und wandte sich schnell ab. Auf diese Art und Weise zu heiraten, brachte die brutale Realität des Krieges zutage, wo doch normalerweise jede Frau – und jeder Mann – in Berlin ihr Bestes tat, diese Realität zu verdrängen.

Ursula seufzte. So sehr sie auch die Vision des Führers unterstützte, Deutschland wieder zu altbekannter Größe zu verhelfen, so hasste sie doch die Begleiterscheinungen, die damit einhergingen. Eine Hochzeit ohne Bräutigam zum Beispiel.

„Ich freue mich so für dich." Ihre jüngste Schwester warf sich in ihre Arme. Lotte war nicht wie andere Mädchen. Sie scherte sich nicht groß um ihr Aussehen und sogar noch weniger darum, ein gepflegtes und damenhaftes Verhalten zu bewahren. Auch zu dieser besonderen Gelegenheit umrahmten ungezähmte, flammend rote Locken ihr Gesicht. Gerade sechzehn geworden, benahm sie sich noch immer wie eine Sechsjährige.

Ein Hitzkopf, der sich weigerte, gesellschaftliche Normen anzuerkennen, und der glaubte, ein Mädchen könne alles tun, was auch ein Junge tat.

„Danke, Lotte", murmelte Ursula.

„Aber du siehst überhaupt nicht wie eine Braut aus", sagte Lotte.

„Sag so etwas nicht, Lotte", tadelte Mutter sie mit erhobener Augenbraue. „Ursula sieht bezaubernd aus. Man braucht kein weißes Kleid, um eine Braut zu sein. Was zählt, ist das Gefühl im Herzen."

Lotte schmollte und öffnete ihren Mund, um etwas zu erwidern, schloss ihn jedoch wieder, als ihre Mutter die zweite Augenbraue hob. Dieser Blick konnte einen Löwen im Sprung außer Gefecht setzen.

„Los, meine Damen! Wir haben eine Stunde, um zu feiern." Anna hakte sich bei Ursula unter. Nur ein Jahr auseinander waren beide trotz ihrer Charakterunterschiede seit ihrer Kindheit unzertrennlich.

Die drei Schwestern gingen Arm in Arm die Stufen des Verwaltungsgebäudes hinunter, die anderen Frauen folgten einige Schritte dahinter.

Lotte erhob wieder ihre Stimme. „Warum hast du nicht gewartet, bis Andreas nach Hause kommt? Sie war furchtbar seltsam, deine Hochzeit. Jetzt bist du mit einem Stahlhelm verheiratet", sagte sie mit einem Kichern.

Anna blickte sie böse an. „Ursula hatte ihre Gründe. Falls du es nicht gemerkt hast, es herrscht Krieg."

„Als ob das jemand nicht bemerken könnte ... Dieser dumme Krieg ist der Grund allen Übels. Das heißt, eigentlich ist unser Führer der Grund allen Übels. Ohne seine Selbstüberschätzung und seine Entschlossenheit, jedes Land um uns herum zu erobern und unschuldige Menschen zu unterdrücken, müssten wir all diese Scheiße nicht durchleben", rief Lotte und ihre Stimme wurde mit jedem Wort schriller.

„Pst", sagten Anna und Ursula gleichzeitig und tauschten besorgte Blicke aus.

Sekunden später ertönte die Stimme ihrer Mutter hinter ihnen. „Charlotte Alexandra Klausen, muss ich dir den Mund mit Seife auswaschen?"

Lotte wie auch ihre Schwestern wussten, dass sie in Teufels Küche kamen, wenn ihre Mutter ihren vollen Namen benutzte.

„Nein, Mutter, es tut mir leid", erwiderte sie, aber rollte abfällig mit den Augen. Als sie das Erdgeschoss erreichten, konnte Lotte ihre Neugier nicht mehr länger zurückhalten. „Also, warum die Eile? Bist du guter Hoffnung?"

„Natürlich nicht." Ursula sah ihre Schwester empört an. „Und was weißt du überhaupt von diesen Dingen? Du bist viel zu jung für so was."

„Ich weiß genug. Tante Lydia ist jedes Mal in anderen Umständen, nachdem Onkel Peter auf Heimaturlaub war", gab Lotte mit ihrem Wissen an. Sie hatte die letzten zwei Jahre bei ihrer Tante auf dem Land gelebt und zweimal miterlebt, wie diese schwanger geworden war.

Anna unterdrückte ein Grinsen und wandte sich an ihre Mutter und die beiden anderen Frauen. „Lotte und ich haben unsere Bezugsscheine gesammelt und wir laden euch alle zu Ersatzkaffee und Kuchen ein."

Ursula drückte Annas Arm, dankbar für die Ablenkung. So sehr sie ihre jüngste Schwester liebte, ihre ungehemmte Ausdrucksweise war, gelinde gesagt, anstrengend. Lotte posaunte stets heraus, was sie dachte, und bedachte weder die Konsequenzen noch die Gefühle anderer.

Es war ja nicht so, dass sich Ursula diese Frage nicht schon selbst mehrmals gestellt hätte. Der Grund, warum sie mit der Hochzeit so gedrängelt hatte, war, weil sie sichergehen wollte, dass keiner von ihnen starb, bevor sie verheiratet waren. Es klang morbid, aber es war die Wahrheit. In dieser furchtbaren Zeit lungerte der Tod an jeder Ecke und niemand konnte sich sicher sein, den nächsten Tag noch zu erleben. Sie wollte – nein, sie musste mit Andreas den Bund der Ehe schließen. Jetzt konnte nicht einmal der Tod ihre Liebe zerstören.

Frau Ursula Hermann.

Ihr neuer Name rief ein kleines Lächeln hervor. Zwar war Andreas nicht bei ihr, aber wenigstens sein Name war es. Er vertiefte ihre Verbindung und zeigte jedem, dass sie ihm gehörte. Sie würde eine respektable Soldatenfrau abgeben. Mit zweiundzwanzig Jahren war es sowieso höchste Zeit für sie, wenn sie nicht als alte Jungfer enden wollte. Natürlich hatte ihre Hochzeit noch einige praktische Aspekte. Es war Andreas' Vorschlag gewesen und zuerst hatte sie sich dagegengestellt. Er hatte sichergehen wollen, dass sie versorgt war, falls das Schlimmste eintreten sollte. Im Falle seines Ablebens wäre sie abgesichert und würde eine Witwenrente bekommen.

Eine Sehnsucht zerrte an ihrem Herz, als ihre Gedanken zum *geheimen* Grund ihrer Hochzeit wanderten. Sie wollte vorbereitet sein, wenn Andreas auf Heimaturlaub war. Mutter würde ihrer unverheirateten Tochter niemals erlauben, Zeit allein mit einem Mann zu verbringen. Aber nun konnte sie Ursulas *Ehemann* nicht mehr das Recht verwehren, das Bett mit seiner Frau zu teilen.

Ihre Wangen erröteten und sie hoffte, dass keiner ihre Gedanken lesen konnte. Ein Kind. Das war es, was sie wollte. Es würde ihr einen Grund geben, ihre fürchterliche Arbeitsstelle zu kündigen.

„Was möchtest du?“ Annas Stimme durchbrach ihre romantischen Träumereien.

„Ich?“ Ursula sah verwirrt auf. In Gedanken ganz woanders hatte sie gar nicht bemerkt, dass sie eine Bäckerei betreten hatten und sie nun vor der Auslage stand und die süßen Delikatessen anstarrte. Verglichen mit der Zeit vor dem Krieg war es ein ärmliches Angebot, aber dennoch machte ihr Herz einen Sprung bei dem Anblick der zuckrigen Süßspeisen.

„Hmm.“ Sie sog den Duft der Gebäcke ein, ihre Augen sprangen von einem Stück zum nächsten. Andreas liebte Sahnetorte. Ursula leckte sich über ihre Lippen und erinnerte sich an die Zeit, kurz bevor er eingezogen worden war. Er hatte seine Finger in Schlagsahne eingetaucht und sie auf ihrer Nase verteilt. Dann hatte er sie wieder sauber geküsst.

Aber es gab keine Sahnetorte in der Auslage.

„Ich nehme den Pfannkuchen“, sagte sie und setzte sich an einen der Tische, während sich Anna um alles kümmerte. Einige Minuten später brachten Anna und die Bäckersfrau sechs Tassen dampfenden Ersatzkaffee und sechs Teller mit süßen Stückchen.

Ursula biss in ihr golden gebratenes Röllchen, bedeckt mit einem Hauch Puderzucker und gefüllt mit köstlicher Erdbeermarmelade.

Nach einigen Minuten sorgloser Plauderei warf Ursula einen Blick auf die Uhr an der Wand. „Es tut mir leid, aber ich muss zur Arbeit.“ Sowohl sie als auch Anna hatten für ihre Hochzeit nur einen halben Tag freibekommen.

„Ich auch. Gehen wir doch zusammen zur Elektrischen“, sagte Anna und drückte ihre Mutter, bevor sie sich von Andreas‘ Mutter und der älteren Base verabschiedete.

„Bis heute Abend, Mutter.“ Ursula lehnte sich vor und ihre Mutter presste, sehr zu ihrer Überraschung, ihre Hände fest zusammen.

„Es tut mir leid, mein Schatz. Wenn der Krieg vorbei ist, bekommst du eine richtige Hochzeit. Mit Kirche, Bräutigam, Brautkleid und allem“, sagte Mutter mit einem leichten Zittern in der Stimme. Es war einer der seltenen Momente, in denen sie Gefühle zeigte, und es erfüllte Ursulas Herz mit – ja, mit was? Trost? Verzweiflung?

„Bist du glücklich?“, fragte Anna, als sie sich bei ihr unterhakte und beide die Bäckerei auf dem Weg zur Elektrischen verließen.

„Das bin ich. In gewisser Weise. Aber wer kann wirklich glücklich sein, solange dieser Krieg wütet?"

Anna nickte und seufzte. „Alles wird besser werden. Eines Tages. Wir haben uns. Und unsere Arbeit, die uns davon abhält, zu viel nachzudenken."

„Wenigstens magst du deine Arbeit. Aber mein menschenverachtender Posten als Gefängniswärterin? Ich wünschte, ich könnte kündigen."

„Du kannst kündigen und die Behörden nach einer anderen Aufgabe fragen", schlug Anna vor.

„Wenn der Führer glaubt, dass ich meinem Land mit dieser Arbeit am besten diene, wer bin ich, das anzuzweifeln?"

Anna rollte mit den Augen. Sie hatten diese Diskussion bereits unzählige Male geführt. Anna selbst hatte mit aller Macht dafür gekämpft, zur Universität gehen zu dürfen, um Humanbiologie zu studieren. Ein Wissenschaftler zu werden, das war unerhört für ein Mädchen. *Unangemessen,* hatte Mutter gesagt. *Du wirst nie einen Ehemann finden,* hatte sie hinzugefügt. Und Vater hatte genickt.

Ursula kicherte, als sie sich daran erinnerte. Schließlich hatte Anna eingelenkt und eine Ausbildung zur Krankenschwester begonnen. Mutter und Vater waren ob dem Sinneswandel ihrer Tochter erleichtert gewesen. Nur Ursula wusste, dass die Ausbildung zur Krankenschwester ein Teil des größeren Plans ihrer Schwester war, finanziell unabhängig zu werden und sich nach dem Krieg ohne das Einverständnis ihrer Eltern in eine Universität einschreiben zu können.

Im Gegensatz zu Anna kämpfte Ursula nie. Sie war stolz darauf, ihr Schicksal mit Würde zu akzeptieren. Sie tat, was man von ihr erwartete. Wie jede gute Tochter und Frau gehorchte sie ihren Eltern und der Regierung. Bald würde sie ihrem Ehemann gehorchen. So war das Leben eben.

Die Behörden hatten entschieden, dass ihre Rolle im Einsatz für das Vaterland die der Gefängniswärterin war. Ob sie es mochte oder nicht, war unwichtig. Man musste nun einmal Opfer für das Wohl der Volksgemeinschaft erbringen. Und so sehr ihr Magen sich jedes Mal zusammenzog, wenn sie diesen schrecklichen Ort betrat, sie würde es mit Fassung ertragen.

Bis sie guter Hoffnung war. Dann hätte sie einen triftigen Grund, um zu kündigen. Dann würde sie eine stolze und glückliche Mutter werden.

„Bis heute Abend." Ursula küsste ihre Schwester auf die Wange, als jede von ihnen eine Elektrische in die entgegengesetzte Richtung nahm.

Sie lehnte ihren Kopf gegen das Fenster und blickte nach draußen. Auf dem Weg zum Gefängnis fuhr sie an Geröllhaufen und Bildern der Zerstörung vorbei. Dem Schrecken des Krieges konnte man nicht entfliehen. Niemals. Nirgendwo.

Aber andererseits hatte das Nazi-Regime so viel Gutes für Deutschland und die Deutschen getan, da war der Krieg ein kleines Opfer auf dem Weg zu neuer Größe.

In ihrer Kindheit, bevor es den Führer gegeben hatte, waren die Straßen Berlins in stetes Grau getaucht gewesen, die Menschen verschwammen mit den Gebäuden. Geld wurde zu nichts weiterem als einem Gerücht und Gesichter zeugten von schrecklicher Sorge.

Die Zeit verging und der Führer erlöste Deutschland aus seiner Verzweiflung. Die Straßen erwachten zum Leben, als ob eine plötzliche Explosion aus Farben die Welt in Rosatönen bemalt hätte. Natürlich ging dieser Wohlstand nicht ohne Opfer einher. Aber in seinen Reden betonte Goebbels stets, dass dies alles nur vorübergehend war. Großes erwartete diejenigen, die würdig waren.

Ursula wollte sich als würdig erweisen.

KAPITEL 2

„Ich bin wieder da!“, rief Ursula über ihre Schulter hinweg, als sie nach ihrer Schicht heimkam. Das Radio plärrte aus Mutters leerem Schlafzimmer.

„... ein englisches Bombergeschwader erreicht den deutschen Luftraum. Die prognostizierte Route führt über Gardelegen ...“

Ursula seufzte, als sie die Tür hinter sich schloss und die zwei Koffer im Flur ansah. Einer enthielt Dokumente, Rationsmarken und Wechselwäsche für die drei Frauen, während der andere vollgestopft war mit Wasserflaschen und unverderblichen Lebensmitteln. Sie würden sie heute Nacht wohl wieder benutzen müssen. Wenn das Radio die Stadt Gardelegen erwähnte, waren die Bomber fast immer auf dem Weg nach Berlin.

Die Stimmen ihrer Mutter und ihrer Schwestern lenkten sie in die Küche.

„Es ist schrecklich“, hörte sie deutlich Annas leise Stimme, „und ironisch, findest du nicht auch?“

Lotte unterbrach sie ungeduldig: „Es ist nicht schrecklich, es ist dumm! Was haben sie davon? Tot ist tot, es ist nur sadistisch zu beschließen, es selbst zu tun. *Ich* denke …"

Ursula schwang die Küchentür auf und unterbrach das Gespräch: „Was ist passiert? Was ist schrecklich?"

Anna warf Lotte einen Blick zu, der sagte: *Sei still, das ist meine Geschichte.* Ursula konnte nicht anders als zu grinsen. Manche Dinge änderten sich nie. Ihre Schwestern waren beide eigensinnig und bereit, gegen alles und jeden, der nicht ihrer Meinung war, anzugehen. Sie gerieten regelmäßig aneinander und als die Älteste war es immer Ursulas Aufgabe gewesen, zwischen den beiden zu vermitteln.

Nicht einmal zwei Jahre Leben auf dem Land bei Tante Lydia, weit weg von Berlin und den Gefahren des Krieges, konnte Lottes heißblütigen Ausbrüche besänftigen.

„Wir reden über einen meiner Patienten im Gefängniskrankenhaus Moabit", erklärte Anna. „Er wurde des Verrats angeklagt, ein Spion oder so was, und zum Tode verurteilt."

Bei Annas Worten rann Ursula ein Schauer den Rücken herunter. Obwohl sie im Gefängnis jede Art von Kriminellen kennengelernt hatte, konnte sie es nicht ertragen, wenn man solche Leute zum Tode verurteilte. Sie waren trotz allem Menschen.

„Mein Patient hat einen Selbstmordversuch unternommen. Aber anstatt froh zu sein, dass er ihnen die grauenvolle Aufgabe erspart, brachten ihn die Wachen zu uns ins Krankenhaus. Jeder von uns tut, was er kann, um sein Leben zu retten, und entweder hat noch niemand darüber nachgedacht oder jeder ist zu verängstigt, um die Tatsache zu erwähnen, dass … nun ja, dass er sowieso sterben wird." Anna gab ein dumpfes Lachen von sich, eine kranke Art von Humor.

„Also, was passiert mit ihm?", fragte Ursula. „Wird er durchkommen?"

Lotte fuhr dazwischen: „Er wird durchkommen, bis sie ihn

töten. Ehrlich, was für ein lächerliches System. Unsere gesamte Regierung ist ein schlechter Witz!"

Es wurde so leise in der Küche, dass man eine Stecknadel hätte fallen hören können. Ein Blick auf das Gesicht ihrer Mutter verriet Ursula, dass es höchste Zeit für eine Intervention war.

Einen scharfen Blick auf Lotte werfend, sagte sie: „Also, erzähl uns von Tante Lydia und dem Leben auf dem Land." Tante Lydia war Mutters jüngste Schwester. Mit siebzehn hatte sie den Sohn eines Bauern geheiratet und war mit ihm in das gottverlassene Nest gezogen, das sogar das Wort „Dorf" im Namen führte. Kleindorf. Mit inzwischen dreißig Jahren war sie zu einer robusten Bauersfrau geworden, die getreu dem Leitbild der guten deutschen Frau ihre langen, blonden Haare zu Schnecken über die Ohren flocht und hart arbeitete. Nebenbei hatte sie acht Kinder zur Welt gebracht, von denen fünf überlebt hatten, und ihre Antwort auf jedes Problem lautete Disziplin.

„Tante Lydia ist sehr streng", beschwerte sich Lotte schmollend. „Sie verbietet mir alles, was Spaß macht."

„So schlimm kann es nicht sein. Wie geht es unseren Vettern und Basen?", fragte Anna.

„Sie sind nett. Ich mag Maria am liebsten. Sie wird nächstes Jahr eins. Und obwohl Tante Lydia noch nichts gesagt hat, kann jeder sehen, dass sie schon wieder eins im Ofen hat."

„Charlotte Alexandra", tadelte Mutter sie und stand auf, um Ursula eine Tasse Tee anzubieten. „Hast du Hunger? Es ist noch ein Rest Auflauf im Ofen."

„Danke, Mutter." Ursula schnappte sich einen Teller und setzte sich an den Tisch, um zu essen.

„Wann reist du zurück nach Kleindorf?", fragte Anna.

Mutters lodernde Augen machten deutlich, dass dies ein heikles Thema war.

„Gar nicht", verkündete Lotte mit Endgültigkeit in der Stimme und stand auf.

„Lotte, wir haben das bereits besprochen. Es ist zu deiner eigenen Sicherheit. Der Führer hat jeden, der nicht für die Kriegsproduktion erforderlich ist, angewiesen, Berlin zu verlassen. Wegen dieser …" Mutter warf einen Blick nach oben, „lästigen englischen Flieger bist du bei Tante Lydia auf dem Land besser aufgehoben."

Bitte, Mutter. Nenne sie verdammte Kindermörder, wie es sonst jeder tut.

„Ich sagte …" Lotte atmete tief durch, als ob sie sich beruhigen müsste, „dass ich *nicht* zurückgehe. Dies ist mein Zuhause. Ihr seid meine Familie. Ich hasse es, auf dem Land zu leben. Dort ist es langweilig und niemand hat auch nur ein bisschen Grips. Ich brauche richtige Gespräche mit jemand anderem als einem verrotzten Kind oder einer wiederkäuenden Kuh."

„Nun, dann werde ich mit dir kommen. Ich habe Lydia und meine Nichten und Neffen seit Jahren nicht mehr gesehen. Anna und Ursula kommen für eine Weile alleine zurecht und ich kann mit dir *richtige* Gespräche führen", sagte Mutter mit dem Anflug eines Lächelns, als sie den Ausdruck von kaum unterdrücktem Grauen auf dem Gesicht ihrer Tochter sah.

Anna sagte: „Das ist ein guter Vorschlag. Ihr beide seid dort sicherer. Und ihr könnt uns etwas von Tante Lydias köstlichem Käse und Schinken schicken."

Lotte stapfte durch die Küche und streckte ihrer Schwester hinter Mutters Rücken die Zunge heraus. „Das ist ein schlechter Vorschlag. Und ich brauche niemanden, der auf mich aufpasst. Ich bin kein Kind mehr."

Aber diesmal ließ sich Anna nicht von Lotte provozieren. „Genau diese Einstellung meine ich. Und deine Unfähigkeit, deine Meinung für dich zu behalten. Kannst du nicht verstehen, was passiert, wenn jemand deine Sprüche, die du über die Nazis und unseren Führer klopfst, denunziert?"

„Also muss ich wohl hinnehmen, was die Nazis unserem Land antun? Unserem Volk? Deutschland ist ein Ort des Schreckens geworden. Wir sollten gegen die Nazis kämpfen, statt den Mund zu halten und klein beizugeben. Bist du es nicht satt, all diese Grausamkeiten zu sehen? Willst du nicht, dass es aufhört? Wo ist dein Gewissen?“ Lotte schrie praktisch durch die Küche und ihr Flehen wurde immer eindringlicher, während sie auf und ab stapfte.

Ursulas Magen verkrampfte sich. Sie hatte immer wieder erlebt, was mit Verbrechern geschah. Und Menschen, die die Nationalsozialisten kritisierten, betrachtete man als Verbrecher. Mutters Gesicht wurde blass vor Angst und sie drückte ihre Lippen zu einer dünnen Linie zusammen.

„Was? Habt ihr Angst, die Wahrheit zu hören?“, forderte Lotte sie mit vorgeschobener Unterlippe heraus.

„Charlotte Alexandra Klausen. Ich möchte so etwas nie wieder von dir hören. Dein unpassendes Verhalten führte dazu, dass du vor zwei Jahren aus dem Bund Deutscher Mädel ausgeschlossen wurdest, und es war nur deinem zarten Alter und dem Eingreifen deines Vaters zu verdanken, dass du vor Gott weiß was bewahrt wurdest …“ Mutters starrer Blick hätte Stahl schneiden können, als sie ihre jüngste Tochter zurechtwies. „Es tut nichts zur Sache, ob ich deiner politischen Meinung zustimme oder nicht. Was für mich zählt, ist deine Sicherheit. Du bist jetzt sechzehn und dein Vater ist nicht hier, um dich zu retten. Wenn die falsche Person hört, was du sagst, landest du im Gefängnis. Frag Ursula, wenn du mir nicht glaubst.“

„Mutter“, murmelte Ursula und wand sich auf dem Stuhl.

„Los, sag deiner Schwester, was mit denen passiert, die als politische Gegner entlarvt werden“, machte Mutter unmissverständlich klar, mit einer Stimme, die keinen Protest duldete.

„Verhaftung. Folter. Gefängnis. Möglicherweise das Todesurteil“, murmelte Ursula, während sie auf ihre gefalteten Hände starrte. Als sie es wagte, wieder in das Gesicht ihrer Schwester zu sehen, hatte sich Lottes Haltung verändert. Sie schmollte noch immer, aber ihre Schultern beugten sich nach vorne und Angst trübte ihre schönen, grünen Augen.

Mutter erhob sich und ging zu Lotte. Ursula konnte die Entschlossenheit in ihrem Gesicht sehen und fragte sich, was als nächstes passieren würde.

„Es ist beschlossen. Ich gehe mit dir aufs Land. Oder du wirst dich selbst in ernsthafte Schwierigkeiten bringen. Wir werden morgen abreisen."

Spannung legte sich über die Küche wie dichter Nebel und Ursula fiel es schwer, zu atmen. Nachdem Lotte zwei Jahre lang Hunderte von Kilometern von Berlin entfernt mit Tante Lydia gelebt hatte, war sie von einem Kind zu einem Backfisch herangewachsen, einem temperamentvollen noch dazu. Aber sie würde sich nicht gegen Mutters ausdrücklichen Wunsch stellen, oder?

Aber Lotte hatte keine Gelegenheit zu antworten, denn ein ohrenbetäubendes, markerschütterndes Geräusch zerriss die Stille und Ursula brauchte einige Augenblicke, um zu verstehen, dass es nicht das Schreien ihrer Schwester, sondern der Fliegeralarm war, der seine verhasste Warnung ausstieß. Die Spannung im Raum kollabierte wie ein gespanntes Seil, als der schrille Lärm die Luft erfüllte und eine geübte Routine nach sich zog:

Ursula, Anna und Mutter sprangen auf ihre Füße und rannten zur Wohnungstür, schnappten sich die Koffer auf ihrem Weg nach draußen und ließen eine verblüffte Lotte erstarrt mitten in der Küche zurück.

„Komm schon, Lotte!", schrie Ursula, aber ihre Schwester stand bewegungslos da, mit Augen so groß wie Untertassen. Ursula kehrte um, fasste Lottes Arm und zerrte sie aus der Wohnung und die Treppen hinunter nach draußen. Auf der Straße tummelten sich die Menschen wie ein Haufen beschleunigter Charlie Chaplins und beeilten sich, die Sicherheit des nahen Hochbunkers zu erreichen.

Der heulende Alarm tilgte jegliche anderen Geräusche, aber

verstummte in dem Moment, als Ursula und Lotte aus dem Gebäude stürmten. *Mist! Sechzig Sekunden. Wir sind zu langsam.*

„Renn!“, kreischte Ursula aus vollem Hals. Der Ablauf war ihr schon so unzählige Male eingebläut worden, dass sie den Weg mit geschlossenen Augen finden konnte. Aber für Lotte war es der erste Fliegeralarm und sie benahm sich wie ein kopfloses Huhn. Ursula verstärkte ihren Griff um Lottes Arm und rannte los.

Das markerschütternde Dröhnen der herannahenden Bomber kroch in ihre Knochen und sie riskierte einen Blick in den Himmel. Ein glühender Tannenbaum – Leuchtbomben, die die Position anzeigten, wo die meisten der Bomben abgeworfen werden sollten – schwebte in der Luft. Es war das einzige Licht in einer ansonsten komplett abgedunkelten Stadt.

Eine Formation Flugzeuge näherte sich dem angeleuchteten Ziel und Ursula schätzte, dass es weniger als eine Minute dauern würde, bis sie begannen, ihre tödliche Ladung über Berlin abzuwerfen. *Verdammte Engländer. Ihr dreckigen Mörder! Schmort in der Hölle!*

Ursula beschleunigte ihre Schritte weiter und zerrte ihre Schwester hinter sich her, als der Boden unter ihnen von der tosenden Detonation einer hochexplosiven Bombe erschüttert wurde. Sie schob ihren Schal über Mund und Nase, um nicht die Luft einzuatmen, die mit dem Staub der getroffenen Gebäude gesättigt war.

Sie kannte den Ablauf. Zuerst die explodierenden Bomben. Dann die Minen. Selbst Hunderte von Metern entfernt hatte man nur geringe Überlebenschancen, wenn man von der zerstörerischen Kraft der Detonationswelle getroffen wurde. Zuletzt kamen die gefürchteten Phosphorbomben.

Das Herz hämmerte in ihrer Brust und sie hatte ein einziges Ziel vor Augen. Sie musste den rettenden Bunker erreichen. Neben sich konnte sie Lottes Keuchen hören und sie fühlte, wie ihre Beine vor Erschöpfung brannten. Mit allerletzter Kraft schleppte sie sich und Lotte durch die Bunkertür in Sicherheit. *Ich schwöre bei Gott, wenn ich jemals einem Engländer begegne, wird er hierfür bezahlen.*

Von der Gewalttätigkeit ihrer Gedanken überrascht, hielt sie einen Moment inne und beugte sich vornüber, um wieder zu Atem zu kommen. Erst dann wandte sie sich an Lotte. „Geht es dir gut?"

Ein blasses Gesicht nickte. Ursula steckte eine wilde Locke hinter Lottes Ohr. Das Gesicht ihrer Schwester – und wahrscheinlich ihr eigenes – war mit Staub verschmiert. Sie waren die letzten gewesen, die den Hochbunker erreicht hatten, bevor die Türen wegen des bevorstehenden Angriffs geschlossen wurden. Der Bunker war ein riesiges Betongebäude, ausreichend, um fünfhundert Menschen zu beherbergen.

„Komm." Ursula führte ihre sprachlose Schwester zu ihrem angestammten Platz, grüßte hier und da bekannte Gesichter. Mutter hatte ihren Bereich sowohl mit drei Matratzen und Decken als auch mit Petroleumlampen ausgestattet, falls das elektrische Licht ausgehen sollte, wie es normalerweise während eines Angriffs geschah.

Lotte stand verstört da und Ursula sah, wie sich ihre Augen mit Tränen füllten. Sie wollte die Arme um ihre kleine Schwester legen, aber Mutter war schneller.

Anna und Ursula tauschten einen Blick aus. Sie erinnerte sich lebhaft daran, wie verängstigt sie selbst die ersten Male gewesen war. Aber das war lange her. Inzwischen war eine Nacht im Bunker zu einer lästigen Gewohnheit geworden.

Sie rückten zusammen, um Platz für Lotte zu machen. Es würde eine lange Nacht werden, bis Entwarnung gegeben würde. Ursula kauerte sich zum Schlafen hin und berührte einen von Andreas' Briefen, den sie immer in ihrer Tasche bei sich trug.

In einer Welt aus Angst und Dunkelheit brachten Andreas' Worte sie zum Lachen und ihre Lippen kribbelten bei der Erinnerung an seine Küsse. Sie hatte seinen Brief bereits so oft gelesen, dass sie ihn auswendig kannte. Eine Welle der Sehnsucht brach über sie herein. Obwohl sie seine Ehefrau war, konnte sie nicht damit rechnen, in nächster Zukunft mit ihm vereint zu sein. Noch ein Opfer, das sie in diesem schrecklichen Krieg bringen musste.

Meine geliebte Ursula,

Es ist schon so lange her, seit ich dich zuletzt gesehen habe. Aber zum ersten Mal bin ich erleichtert, so weit weg von dir zu sein, denn ich kann es nicht ertragen, dich leiden zu sehen, noch dazu, weil dieses Leid durch meine eigenen Worte verursacht wird.

Ich habe wiederholt um Fronturlaub gebeten, um zu dir zurückzukehren, aber die Antwort war Nein. Du weißt so gut wie ich, dass da wenig zu machen ist. Der Krieg ist zu wichtig, und jeder Mann, der kämpfen kann, der muss das auch tun.

Glaube mir, ich möchte alles hinter mir lassen und mit dir zusammen sein – und eines Tages werden wir das auch tun. Bis dahin müssen dir meine Gedanken und meine Liebe reichen.

Ich liebe dich. Ich liebe dich mehr als alles andere auf dieser Welt. Und ich kann es kaum erwarten, dich als meine Ehefrau in die Arme zu schließen.

Für immer dein
Andreas

Mit der tröstlichen Gewissheit seiner Liebe glitt sie in einen unruhigen Schlaf.

KAPITEL 3

Am nächsten Morgen packten Lotte und Mutter ihre Koffer und nahmen die Elektrische zum Lehrter Bahnhof. Die Reise zu Tante Lydias winzigem Dorf im Allgäu würde den größten Teil des Tages, vielleicht auch der Nacht, in Anspruch nehmen.

Obwohl Luftangriffe alltäglich geworden waren, hatte der letzte deutlich gemacht, dass Lotte und Mutter weit weg von Berlin auf dem Land um einiges sicherer waren. Sie würden nicht nur den schweren Bombenangriffen aus dem Weg gehen, sondern auch die Auswirkungen von Lottes scharfer Zunge und ihrer Neigung, damit Schwierigkeiten heraufzubeschwören, auf ein Minimum reduzieren.

Anna und Ursula verabschiedeten sich von ihnen und versprachen, jede Woche zu schreiben. Dann machten sie sich auf den Weg zur Arbeit. Anna ins Krankenhaus und Ursula ins Gefängnis.

Der Wachmann am Eingang grüßte sie: „Guten Morgen, Fräulein Klausen."

„Guten Morgen, Herr Müller. Ich heiße jetzt Frau Hermann", antwortete sie mit einem strahlenden Lächeln.

„Oh. Ich vergaß, Sie hatten gestern Vormittag Sonderurlaub für Ihre Hochzeit", sagte der alte Mann mit einem Holzbein aus dem letzten Krieg. „Haben Sie die Zeit mit Ihrem frisch angetrauten Ehemann genossen? Junge Liebe ..."

Tränen schossen in ihre Augen und sie atmete tief durch, um sie zu unterdrücken. „Es war eine Stahlhelmtrauung. Er ist irgendwo in Russland und bekämpft den Feind."

„Das tut mir leid, aber Sie müssen fest daran glauben, dass er bald schon zurück sein wird." Herr Müller wendete den Blick ab, peinlich berührt von der Aussicht, dass die junge Frau vor ihm in Tränen ausbrechen könnte.

„Das werde ich." Ursula drehte sich um, um das graue Gebäude zu betreten, das ihr immer eine Gänsehaut verursachte.

„Warten Sie. Herr Fischer hat mir aufgetragen, Sie zu informieren, dass Sie unverzüglich in sein Büro kommen mögen."

Ursula nickte und straffte ihre Schultern. Das furchtbare Gebäude betreten *und* zu ihrem Vorgesetzten zitiert zu werden. Wie viel schlimmer konnte dieser Tag noch werden?

„Heil Hitler", grüßte Herr Fischer sie. Einschüchternd und ernst, war er die Art Mann, den noch nie jemand lächeln gesehen hatte. Sein überdimensionierter Schnurrbart hing ihm auf der Oberlippe, als ob eine kleine Trauerweide aus seinen Nasenlöchern wüchse.

„Heil Hitler", antwortete Ursula ohne großen Elan.

„Frau Hermann, vielen Dank, dass Sie gekommen sind. Obwohl ich begonnen habe zu glauben, dass Sie niemals wieder auftauchen würden." Fischers monotoner Bariton machte es unmöglich, zu erkennen, ob er einen Witz machte oder nicht.

Ursula war schon öfters in dieser Situation gewesen und setzte normalerweise ein lustloses Lächeln auf, um nicht brüsk zu wirken. Heute jedoch hatte sie das Gefühl, dass er versuchte, die Stimmung zu heben.

„Sie werden versetzt."

„Wohin?“, fragte Ursula, wenig überrascht. Unausgebildete Mitarbeiter wie sie wurden oft versetzt, je nach Bedarf an Arbeitskräften in den verschiedenen Gefängnissen. Ursula vermutete, der wahre Grund dafür war, Fraternisierung mit den Insassen zu vermeiden. Aber wer wollte sich schon mit Kriminellen anfreunden? Sie ganz sicher nicht. Obwohl manche von ihnen freundliche und einnehmende Menschen waren und Ursula sich öfters gefragt hatte, wie sie an so einem schrecklichen Ort hatten enden können.

„Plötzensee“, sagte Fischer und richtete seinen Blick starr auf einen der Papierstapel, die sich auf seinem Schreibtisch türmten. „Es ist eigentlich ein Männergefängnis, aber es gibt auch eine kleine Abteilung für Frauen. Staatsfeinde.“

„Staatsfeinde?“ Ursula schluckte.

„Ja.“ Der Ekel in seiner Stimme strafte seinen teilnahmslosen Gesichtsausdruck Lügen. Dann seufzte er: „Ich habe meine Vorgesetzten gebeten, Sie nicht zu versetzen, aber vergeblich. In Plötzensee sind böse Menschen. Die schlimmsten. Nicht wie die gewöhnlichen Verbrecher, die wir hier haben.“

Ursula nickte, aber die Angst lief ihr kalt den Rücken herunter.

„Diese Leute sind sogar schlimmer als die Juden, denn die haben *willentlich* den Führer und das Vaterland verraten. Ich hasse die Juden so sehr wie jeder andere, denn sie sind eine niederträchtige Rasse. Es mag nicht die Schuld eines Einzelnen sein, wenn er von Geburt an böses Blut in sich trägt, aber wir müssen sie dennoch ausrotten, wie wir auch Unkraut in unserem Garten ausrotten müssen.“ Er hielt inne, um nach seiner berauschten Rede zu Atem zu kommen. „Aber ich muss Sie warnen. Die Staatsfeinde sind die wirklich gefährlichen Verbrecher. Sie müssen zu jeder Zeit wachsam bleiben und sich nicht von denen einlullen lassen.“ Herr Fischers hellbraune Augen glühten in seinem Eifer, Ursula zu beschützen.

„Verstanden, jawohl“, antwortete Ursula, während die

warnenden Worte ihres Vorgesetzten ihr einen Schauer nach dem anderen über den Rücken jagten. „Ich danke Ihnen für die Warnung." Noch immer schaute sie ihn mit ihrer charakteristischen besonnenen Maske an und verließ sein Büro mit der Anweisung, am nächsten Morgen an ihrer neuen Arbeitsstelle zu erscheinen.

Ursula blieb für den Rest ihrer Schicht verloren in ihrem Gedankenlabyrinth, ein komplexer Kampf der Emotionen, der den Krieg außerhalb der Gefängnismauern widerspiegelte. Sie war so stolz auf ihre Fähigkeit, in schwierigen Zeiten stark und belastbar zu bleiben, doch heute fühlte sie eine unerklärliche Schuld darüber, dass sie stets so unterwürfig war.

Lotte hatte sie oft angeprangert für ihre Feigheit, wie sie es nannte, aber bis jetzt hatte Ursula Lottes Meinung nicht beachtet. Sie fragte nie genauer nach, wie es ihre Schwestern taten, sondern erfüllte einfach die Aufgaben, die von ihr verlangt wurden. Ihr Pflichtbewusstsein war wichtiger, als gegen den natürlichen Lauf der Dinge anzukämpfen.

Aber die bevorstehende Versetzung in ein Gefängnis mit den allerschlimmsten Insassen brachte einen körperlichen Schmerz in jeden einzelnen Muskel. Sie atmete nur flach, während sie ihr Tagesprogramm abspulte, Zellentüren öffnete und verschloss, Mahlzeiten brachte oder die Frauen zum Freigang hinunter in den Hof begleitete.

Mir wurde diese Arbeit aufgetragen, um meinem Land so am besten zu dienen. Ich erfülle meine Pflicht als deutsche Bürgerin. Opfer müssen erbracht werden. Ursula wiederholte die Worte immer wieder in ihren Gedanken. Aber sie konnte die leise Stimme tief in ihrem Inneren nicht zum Schweigen bringen, die darauf bestand, dass sie sich auch hätte weigern können, dass sie auch hätte bitten können, irgendwo anders zu arbeiten.

Als Ursula nach Hause kam, war sie erschöpft, deprimiert und einsam. Lottes kurzer Besuch hatte den Alltag interessanter gemacht und sie aufgeheitert. Aber es war nicht nur die fehlende Anwesenheit ihrer jüngsten Schwester, die die Wohnung in einen stillen und unheimlichen Ort verwandelte. Die Abwesenheit ihrer Mutter, die immer eine schützende Hand über ihre Töchter gehalten hatte, schwebte wie ein Schatten durch die Räume.

Anna und Ursula waren allein. Wirklich allein. Im Alter von einundzwanzig und zweiundzwanzig Jahren hatten sie noch nie für sich selbst sorgen müssen.

Bevor sie noch tiefer in ihre verdrießlichen Gedanken versinken konnte, wurde die Tür mit einem lauten Krachen aufgerissen und Anna platzte herein, in ihren Händen zwei volle Taschen.

„Ich bin am Lebensmittelladen vorbeigekommen und habe alles gekauft, was man mit unseren Marken bekommen kann, damit wir den Rest der Woche versorgt sind." Anna grinste ihre Schwester an.

Ursulas Wangen brannten vor Scham, als sie vom Sofa aufstand und ihrer Schwester half, die Einkäufe aufzuräumen. Als sie damit fertig waren, blickte Anna zu dem müden Gesicht ihrer Schwester und ergriff ihr Handgelenk.

„Komm, Ursula, lass uns was trinken gehen. Jetzt, wo Mutter nicht hier ist." Sie wackelte mit den Augenbrauen und sah aus, als könnte sie etwas Spaß vertragen.

Die nahegelegene Gaststätte war einst ein belebter und moderner Ort gewesen, aber mit dem Beginn des Krieges wurde sie ein Opfer der allgemeinen Vernachlässigung. Die Folgen der ausschließlichen Nutzung von Baumaterial für die Kriegsproduktion konnte man deutlich an der Einrichtung erkennen.

Am Eingang sträubte sich Ursula. „Was werden die Leute denken, wenn wir beide ohne Begleitung hier auftauchen?", wisperte sie.

„Sie werden denken, dass wir dringend was zu trinken brauchen, nachdem wir eine weitere Nacht in einem Luftschutzbunker verbracht und uns tagsüber unseren Hintern wund gearbeitet haben." Anna rollte mit den Augen und ging schnurstracks auf den Holztresen zu, mit ihrer Schwester im Schlepptau.

Dann kletterte sie mit ihrem wadenlangen Rock, den Wollstrümpfen und den abgetragenen Schuhen auf den klapprigen Barhocker. Sie überkreuzte elegant die Beine und lehnte zwei Finger gegen ihre Wange in Imitation einer der großen Posen von Marlene Dietrich im Film *Der blaue Engel*. Ursula lachte und mühte sich ab, auch auf einen Barhocker zu klettern.

„Zwei Obstler, bitte", bestellte Anna bei der Kellnerin, bevor sie sich zu Ursula umdrehte.

„Obstler?" Ursula hob eine Augenbraue, war aber zu müde, um zu protestieren. Offensichtlich hatte ihre Schwester den Entschluss gefasst, sich auszutoben, jetzt, da sie der strengen Hand ihrer Mutter entkommen waren.

„Kommt sofort. Einen harten Tag gehabt?", fragte die Kellnerin, als ob es das Normalste der Welt wäre, dass zwei respektable, junge Frauen in eine Kneipe kamen und Schnaps bestellten. Einige Augenblicke später stellte sie zwei kleine Gläschen mit einer glasklaren Flüssigkeit auf den Tresen.

Ursula nahm das Glas in ihre Hand und roch dran. Das starke Aroma brannte in ihren Augen.

„Runter damit", forderte Anna und setzte ihr Glas an die Lippen.

Ursula folgte ihrem Beispiel und stürzte den gesamten Inhalt mit einem einzigen Schluck herunter. Der scharfe Geschmack brannte ihre Kehle hinunter bis in den Magen und sie schnappte nach Luft, was Anna zu einem Grinsen verleitete. Aber komischerweise hinterließ der Schnaps eine tröstende Wärme, sobald das Brennen nachließ.

„Ich werde morgen nach Plötzensee versetzt", murmelte sie.

„Plötzensee? Ist das nicht da, wo sie die Staatsfeinde gefangen halten?", fragte Anna mit weit geöffneten Augen.

Ursulas Magen zog sich zusammen. „Ja, und mein Vorgesetzter warnte mich vor diesen Leuten."

„Die meisten sind gute Menschen", antwortete Anna mit einem Anflug von Trotz.

„Wie kannst du so etwas sagen? Sie haben das Vaterland verraten." Ursula redete normalerweise in der Öffentlichkeit nicht über Politik, aber der Alkohol hatte ihre Hemmschwelle herabgesetzt.

„Hast du jemals daran gedacht, dass unsere Regierung vielleicht im Unrecht ist?" Annas Stimme war kaum mehr als ein Flüstern, aber laut genug, dass Ursula unwillkürlich über die Schulter blickte, um zu sehen, ob jemand mitgehört hatte. Als sie niemanden in Hörweite fand, beruhigte sie sich.

„Wie kann unser Führer falsch liegen? Du und ich erinnern uns nicht daran, wie schlecht die Dinge vorher waren, aber Mutter und Vater tun es. Der Führer und die Partei haben hart gearbeitet, um unser Land aus den Trümmern des Weltkriegs, der Inflation und der großen Depression wiederaufzubauen. Wir haben genug Feinde, die so neidisch auf unseren Erfolg sind, dass sie uns einen Krieg aufgezwungen haben; wir können Widerstand aus den inneren Reihen nicht gebrauchen." Ursula wiederholte, was man ihr in der Schule eingebläut hatte, obwohl sie die Zweifel, die in ihr mit jedem Tag stärker aufkamen, nicht vollständig zum Verstummen bringen konnte.

Obwohl die Nazis den Krieg aus guten Gründen begonnen hatten, war es doch trotz allem ein Krieg. Und er hatte Tod und Verzweiflung über jeden im Land gebracht. Wie konnte das etwas Gutes sein? Wie konnte das Schikanieren der Juden und anderer Asozialer eine gute Sache sein? Wie konnten Grausamkeit und Furcht etwas Gutes sein?

Ihre katholischen Eltern hatten Ursula im Glauben an die moralischen Werte des Christentums erzogen. Und obwohl sie ihren Glauben nicht wie ein Abzeichen mit Stolz zur Schau stellte, wusste sie, dass es falsch war, anderen weh zu tun, ganz gleich aus welchem Grund.

„Der Patient in meinem Krankenhaus, er ist ein freundlicher Mann. Gebildet, höflich, humorvoll. Er wurde zum Tode verurteilt, weil er sich gegen die Naziideologie gestellt hat. Und erst neulich wurde eine Gruppe von Widerständlern gehängt. Gehängt! Wer tut so etwas? Das wurde im Mittelalter gemacht, als die Menschen noch grausam und ungebildet waren. Haben wir seitdem nichts dazugelernt?" Annas Augen blitzten vor Empörung.

Ursula blieb still, da sie spürte – auf eine Weise, wie es nur Schwestern konnten – dass Anna sich ihren Kummer von der Seele reden musste.

„Du hast vielleicht von Harro Schulze-Boysen gehört, dem Luftwaffenoffizier. Er war der Anführer dieser Gruppe. Ich kann nicht … Ich kann die Gerechtigkeit dahinter nicht sehen. Eine Hinrichtung dafür, dass man nicht mit dem Führer übereinstimmt?" Anna blickte ihre Schwester verzweifelt an.

Ich bin mir sicher, diese Leute haben noch mehr getan, als nur dem Führer zu widersprechen.

Die Kellnerin näherte sich und Ursula bestellte nach einem Blick auf Anna eine zweite Runde Obstler. Jeder Mensch in dieser Hölle namens Berlin litt von Zeit zu Zeit an Nervenzusammenbrüchen, wenn die Wirklichkeit sich mal wieder als unüberwindbar herausstellte. Heute war Anna an der Reihe. Und Ursulas Aufgabe bestand darin, ihrer Schwester zuzuhören, sie jammern, schreien und streiten zu lassen, und sie dann sicher wieder auf den Boden der Tatsachen zurückzubringen, um das Unzumutbare zu akzeptieren.

„Sieh uns an! Wir haben nicht einmal mehr das Recht, unsere Meinung zu sagen. Denk an Lotte! Wir müssen sie aufs Land schicken, aus Angst, dass sie sich mit ihrer Scharfzüngigkeit in Schwierigkeiten bringt. Aber sie hat recht! Sie sagt nichts anderes als die Wahrheit, vor der wir alle Angst haben oder die wir nicht wahrhaben wollen", brach es aus Anna heraus. Ihre Worte schwebten in der Luft wie Asche, die langsam hinuntersank. Einige der anderen Gäste sahen herüber.

„Es tut mir leid, meine Schwester hat viel durchgemacht", entschuldigte sich Ursula und die Köpfe wandten sich wieder ab. Jeder einzelne von ihnen machte viel durch und verstand sie.

„Anna, bitte sprich leiser oder du wirst selbst gehängt werden."

Anna seufzte und stürzte ihren Schnaps hinunter. Dann kicherte sie hysterisch.

„Ja. Du hast recht, lass uns über etwas anderes reden. Wir gehen so selten aus und haben Spaß miteinander. Wir sollten das öfters tun, jetzt, wo Mutter nicht da ist, um auf uns aufzupassen." Anna machte auf ihrem Barhocker langsam eine ganze Umdrehung. Als sie Ursula wieder ins Gesicht blickte, sagte sie: „Hast du schon bemerkt, dass nicht ein einziger Mann in unserem Alter hier ist?"

Ursula nickte. „Ja, das habe ich." Draußen war es bereits dunkel und wegen der dicken Verdunkelungsvorhänge konnten sie nicht aus den Fenstern sehen. Aber auch auf ihrem kurzen Weg hierher hatten sie keinen jungen Mann getroffen, zwei SSler ausgenommen.

„Himmel, ich habe fast vergessen, wie gewöhnliche Männer aussehen. Die einzigen, die wir zu Gesicht bekommen, tragen Uniform und ihr Anblick verursacht mir Gänsehaut." Anna glättete ihre ohnehin schon glatten Haare.

„Du hast recht. Diese uniformierten SS- oder Gestapoleute jagen mir auch Schauer über den Rücken. Es ist wie damals, als wir Kinder waren und Mutter uns mit *diesem* Blick angesehen hat. Man hat sich sofort den Kopf darüber zerbrochen, was man angestellt hat."

„Aber du hast in deinem ganzen Leben nie etwas angestellt", kicherte Anna. „Das war immer ich."

Ursula warf ihr einen spöttischen Blick zu. „Ja, aber ich

wurde trotzdem immer ausgeschimpft, weil ich die älteste war. Und du hattest diese nervtötende Angewohnheit, jeden Erwachsenen glauben zu machen, du seist unschuldig." Ursula erinnerte sich an mehr als eine Gelegenheit, als sie es gewesen war, die bestraft wurde, weil Anna ihre *Ich bin ein liebes und unschuldiges Mädchen*-Schau gespielt hatte.

Anna lachte schallend. „Ich habe diese Fähigkeit noch immer. Beizeiten ist das nützlich."

Ursula schüttelte den Kopf. „Wann wirst du erwachsen werden und aufhören, Dinge zu tun, die sich nicht gehören?"

„Du hast gut reden. Wenigstens bist du verheiratet." Anna machte noch einmal eine ganze Drehung auf ihrem Barhocker und beobachtete die anderen Gäste.

„Und ich dachte immer, du wärst eine, die sich nicht nach der Ehe sehnt? Warst nicht du diejenige, die sich beschwert hat, weil die Jungs dich nicht in Ruhe ließen?" Ursula kniff ihre Augen zusammen bei dem Versuch, sich trotz der Wärme des Alkohols, der in ihr zirkulierte, auf die Worte ihrer Schwester zu konzentrieren.

„Oh, schau mich nicht so an. Ich brauche nicht unbedingt einen Mann und Kinder, aber welches Mädchen wünscht sich nicht eine kleine Liebelei? Wie soll ich jemanden finden, der mich ausführt, wenn die wenigen Männer, die es in Berlin noch gibt, nur daran interessiert sind, Spione und Kriminelle zu finden? Ich könnte genauso gut eine Nonne werden."

Ursula schnaubte. „Denk nicht mal dran! Du würdest eine schreckliche Nonne abgeben. Die würden dich schneller aus dem Kloster werfen, als du ein Vater Unser beten kannst. Der Krieg wird nicht für immer weitergehen, und wenn er vorbei ist, wird alles wieder wie vorher werden."

Anna runzelte die Stirn und kaute grübelnd auf ihrer Unterlippe. „Was, wenn dieser verdammte Krieg für immer weitergeht ... bis niemand mehr übrig ist, der nach Hause zurückkehren kann?"

„Der Führer sagt, der Krieg nähert sich dem Ende, und abgesehen davon, wir haben so viel, auf das wir uns freuen können, wenn es soweit ist. Es nützt nichts, sich über Dinge zu beschweren, die wir nicht ändern können."

„Auf was genau freust du dich denn?" Anna musterte ihre Schwester argwöhnisch.

Ursula fühlte, wie die Hitze beim Gedanken an ihren Ehemann in ihre Wangen schoss. Sie biss sich auf die Lippen und antwortete dann sachlich: „Andreas. Ich kann es kaum erwarten, ein Kind zu bekommen und endlich mit der Arbeit aufzuhören."

„Ist das alles, was du von deinem Leben erwartest? Hausfrau und Mutter zu sein?" Enttäuschung war auf Annas Gesicht geschrieben.

„Ist das nicht genug? Was sonst sollte ich wollen?"

„Hast du keine Hoffnungen und Träume? Irgendwelche eigenen Ziele, jenseits von dem, was du für andere tun kannst? Was ist mit dir selbst?" Anna legte ihre Stirn in Falten.

„Nein, habe ich nicht. Alles, was ich möchte, ist, glücklich zu sein." Ursula nickte in Richtung der Verdunkelungsvorhänge. „Siehst du das? Zurzeit ist mein einziges Ziel, den Krieg zu überleben. Alles, was danach kommt, ist besser, als eine Gefängniswärterin zu sein."

„Du bist so perfekt. Du warst schon immer die perfekte Tochter, die Einser-Schülerin, das Mädchen, das nie ihren Lehrern widersprochen hat oder Unruhe gestiftet hat ..." Anna sprang von ihrem Stuhl und jedes einzelne Augenpaar im Raum klebte an ihrem Körper, als sie theatralisch die Arme hob und ausrief: „Du hast dir nie das Knie aufgeschürft, weil du von einem Baum gefallen bist, oder dir nie das Sonntagskleid in einer Pfütze schmutzig gemacht. Du hast dich nie aus dem Gottesdienst davongeschlichen, weil er zu langweilig war. Du hast nicht einmal hinter dem Rücken unserer Eltern mit Jungs herumgemacht ..."

Ursula spürte die Röte in ihr Gesicht aufsteigen, als die Augen der Beobachter zwischen ihr und Anna hin- und herwanderten. „Gib Ruhe …"

„Ich bin es leid, still zu sein! Ich habe genug davon, dass jeder mir sagt, was ich zu tun und zu lassen habe! Ich möchte mein eigenes Leben leben. Ich bin es leid, eine minderwertige Kopie von dir zu sein …" Anna stand mit zitternden Schultern in der Mitte der Kneipe, als ihre Stimme nachgab.

„Anna …" Ursula umarmte ihre Schwester. „Niemand möchte, dass du so bist wie ich. Und ich bin alles andere als perfekt." Sie versuchte zu lächeln, aber es misslang ihr gehörig.

„Doch. Seit ich denken kann, hat mir jeder gesagt, ich solle mehr so sein wie du. Ich möchte nicht du sein!" Anna brach in Tränen aus.

„Lass uns nach Hause gehen." Ursula bezahlte die Kellnerin und führte ihre Schwester hinaus. Die klirrende Winterluft brannte auf ihrem Gesicht, aber es war eine willkommene Abwechslung zur erdrückenden Hitze im Inneren der Kneipe.

Ursula hakte sich bei ihrer Schwester unter und beobachtete, wie ihr Atem zu weißen Wolken wurde, als ob sie rauchte. Nicht dass sie so etwas jemals tun würde. Das gehörte sich für eine deutsche Frau nicht.

Sie seufzte. „Das ist wohl nicht aufgegangen. Unser Plan, Spaß zu haben?"

„Nein. Nicht wirklich. Es tut mir leid." Anna trocknete ihre Tränen.

„Es muss dir nicht leidtun. Wir alle müssen manchmal Dampf ablassen." *Sogar ich, aber das wird niemals jemand mit ansehen.*

„Ich bin so frustriert. Es ist furchtbar zermürbend, wenn du dich jeden Tag weiter von deinen Zielen entfernst. Ich bin nur Krankenschwester geworden, weil es mir helfen sollte, Humanbiologie zu studieren, und sieh mich jetzt an. Patienten zusammenflicken, nur, um sie dann an die Gestapo zurückzugeben, damit sie sie noch etwas mehr foltern können. Gibt es eine sinnlosere und entsetzlichere Arbeit als diese?" Ihre Ambitionen waren ein wunder Punkt in Annas Leben. Sie hatte schon immer Biologie studieren wollen, aber ihre Eltern hatten ihren Wunsch geradewegs verweigert. Sie war eine Frau und Frauen wurden keine Wissenschaftlerinnen. Punkt.

„Du wirst den Krieg überleben und dann wirst du Humanbiologie studieren, ganz gleich, was unsere Eltern sagen. Ich werde dich dabei unterstützen", hörte sich Ursula sagen. Dem Gesichtsausdruck ihrer Schwester nach zu urteilen, war Anna genauso überrascht von diesen Worten wie sie selbst.

Sie kamen an ihrem Wohnhaus an und gingen die Treppen hinauf. Als Ursula die Wohnungstür aufschloss, hörte sie den Türspion nebenan klicken. *Hat diese Frau nichts anderes zu tun, als ihre Nachbarn zu bespitzeln?*

Anna hatte ihre Sachen bereits am Morgen in Mutters Schlafzimmer umgeräumt und als sie sich Gute Nacht sagten, war Ursula froh über die ungewohnte Privatsphäre. Zu viele Dinge sausten durch ihre Gedanken.

Ihre beiden Schwestern hatten eine feste Meinung und so hochgesteckte Ziele für die Zukunft, dass sich Ursula, verglichen mit ihnen, schwach und unbedeutend fühlte. Doch so sehr sie sich auch bemühte, als sie ihre Augen schloss, war alles, was sie erträumte, ein friedvolles Leben mit Andreas und ihren Kindern.

KAPITEL 4

Der Wecker klingelte und Ursula streckte sich. Dank der Verdunkelungsvorhänge war es stockdunkel in der Wohnung. Die Stille war überwältigend. Sie hörte nicht einmal Atemgeräusche von Annas Bett.

Dann erinnerte sie sich. Mutter und Lotte waren abgereist und Anna war in Mutters Zimmer umgezogen. So sehr sich Ursula auch nach ein wenig Privatsphäre gesehnt hatte, es war beängstigend, alleine aufzuwachen.

Sie knipste das Licht auf ihrem Nachttisch an und begann ihr Morgenritual. Sie wurde früh im neuen Gefängnis erwartet. Ihr war flau im Magen, aber es war nicht der übliche Widerwillen. Es war … die Angst vor dem Unbekannten.

Herr Fischers Warnung hatte erschreckende Bilder von grobschlächtigen, gewalttätigen Wuchtbrummen heraufbeschworen, die sie einschüchtern und manipulieren würden. Sie vielleicht sogar körperlich angriffen. Sie bei einem Fluchtversuch als Geißel nahmen. Nur weil sie noch nie von so einem Vorfall gehört hatte, bedeutete das nicht, dass solche Dinge nicht passieren konnten.

Eine halbe Stunde später nahm sie den Bus nach Charlottenburg und stieg in der Nähe des Haupteingangs der Justizvollzugsanstalt Plötzensee aus. Ein Schauer rann ihren Rücken herunter, als sie sich dem Gebäudekomplex näherte, der als Hauptort für die Hinrichtung von politischen Gefangenen benutzt wurde.

Das Verwaltungsgebäude mit dem charakteristischen roten Backstein und den würdevollen Bogenfenstern sah unschuldig aus – oder zumindest würde es das, wären da nicht das enorme Stahlportal und die vergitterten Fenster.

Eine drei Meter hohe Mauer in derselben roten Farbe umgab das gesamte Gelände und wurde mit Stacheldraht gekrönt, um jeglichen Fluchtversuch aussichtslos zu machen. Am anderen Ende des Komplexes standen kleinere Gebäude, der Wohnbereich des fest angestellten Personals. Ursula erschauderte erneut. Der Gedanke, innerhalb der Gefängnismauern zu leben, war nicht gerade erbaulich. Wenigstens konnte sie abends nach Hause gehen.

Ursula meldete sich im Verwaltungsgebäude und wurde dann zu ihrer neuen Vorgesetzten, Frau Schneider, geführt – eine resolute Frau in ihren Fünfzigern, deren aschblonde Haare zu einem makellosen Dutt gebunden waren.

„Frau Hermann?“ Auf das Nicken von Ursula hin fuhr sie fort: „Ich habe Sie erwartet. Wir sind extrem unterbesetzt, deswegen habe ich nicht viel Zeit, Sie herumzuführen. Mir wurde gesagt, Sie waren zuvor in einem anderen Gefängnis?“

„Ja, Frau Schneider. Ich habe bereits in zwei verschiedenen Gefängnissen gearbeitet, ich werde nicht lange brauchen, um die Vorgänge hier zu lernen.“

„Gut.“ Ihre neue Vorgesetzte musterte Ursula von oben bis unten. Dann legte sie die Stirn in Falten. „Sie sind klein.“

„Ich bin einen Meter sechzig groß“, antwortete Ursula automatisch. Es war ein wunder Punkt in ihrem Leben. Sogar Lotte hatte sie dieses Jahr überholt.

„Ich befürchte, wir haben keine Uniform in ihrer Größe.

Normalerweise sind unsere Mitarbeiterinnen größer", sagte Frau Schneider mit einem ausdruckslosen Gesicht und forderte Ursula auf, ihr in den Belegschaftsraum zu folgen.

Dort händigte sie Ursula eine graue, kratzige Uniform aus. Sie war zwei Nummern zu groß und bestand aus einem wadenlangen Rock und einem angeblich taillierten Jackett, das an ihr hing wie ein Sack. Nach einem abschätzigen Blick auf den desolaten Zustand von Ursulas Schuhen durchwühlte Frau Schneider den nächsten Kleiderspind und zog ein nigelnagelneues Paar glänzender, schwarzer Lederstiefel hervor.

Ursulas Augen weiteten sich. Selbst mit Kleidermarken konnte man nirgendwo Lederstiefel kaufen.

„Es ist mir schleierhaft, warum sie uns diese Kindergröße gegeben haben, aber vielleicht passen sie Ihnen", sagte Frau Schneider und drängte Ursula dazu, die Schuhe anzuprobieren.

Ursula tat, wie ihr befohlen wurde, und legte ihre schlecht sitzenden, löchrigen Schuhe ab, um die glänzenden Stiefel anzuziehen. Sie passten wie angegossen, weich und angenehm, und die ersten zaghaften Schritte fühlten sich an, als würde sie auf Wolken laufen.

„Sie passen wunderbar." Sie strahlte ihre Vorgesetzte an. „Darf ich sie wirklich behalten?"

Frau Schneider nickte mit dem winzigsten Anflug eines Lächelns. „Ja. Und jetzt folgen Sie mir."

Einige Stunden später fühlte sich Ursula, als sei sie schon immer in Plötzensee gewesen. Es gab kaum Unterschiede zu ihrem alten Gefängnis, außer dass dieses größer war. Sie fand schnell heraus, dass die Zellenblöcke ein großes Kreuz formten. Den ersten Trakt erreichte man durch eine Tür aus dem Verwaltungsgebäude mit dem Belegschaftsraum. Drei der Trakte waren für die Männer reserviert und einer für die Frauen.

Während der folgenden Tage erfüllte sie die Pflichten, an die sie sich seit langem gewöhnt hatte. Patrouillieren, auf der Hut sein und alle mit Argwohn behandeln. Das ständige Misstrauen war die Quintessenz ihrer Arbeit, mit der sie am meisten zu kämpfen hatte.

Die nächsten Tage über fand sie zu ihrer Überraschung heraus, dass die politischen Gefangenen nicht die scheußlichen und verbrecherischen Weiber waren, vor denen Herr Fischer sie gewarnt hatte. Stattdessen waren die meisten von ihnen nette, ja sogar warmherzige Frauen.

Eines Tages begleitete sie einen Neuankömmling zu ihrer Zelle. Margit Staufer war nicht einmal zwanzig und ihr rundes, kindliches Gesicht wies keine Ähnlichkeit mit der bedrohlichen Verbrecherin auf, die sie hätte sein sollen.

Ihrer Akte nach hatte Margit nicht einmal eine Gerichtsverhandlung gehabt und trotzdem wurde sie in den Todestrakt gebracht, zusammen mit den anderen verurteilten Frauen. Es war einer der Anlässe, bei denen Ursula die Allwissenheit ihrer Regierung in Frage stellte.

Die Frau, die bereits in der Zelle einsaß, hieß Hilde Quedlin und war vor drei Tagen zum Tode verurteilt worden. Seitdem hatte sie kein einziges Wort gesprochen. So seltsam es sich anhörte, aber Ursula machte sich Sorgen um sie. *Vielleicht wird sie die Anwesenheit von Fräulein Staufer aufmuntern.*

Tage wurden zu Wochen und Ursulas Magen hörte auf, sich auf dem Weg zur Arbeit zu verknoten. Mehr als einmal erschien ein Lächeln auf ihren Lippen, als sie die nun vertrauten Gesichter *ihrer* Häftlinge begrüßte.

In ihrem alten Gefängnis war das Verteilen der Mahlzeiten die am meisten gefürchtete Aufgabe gewesen, denn die Wachen mussten dafür die Zellen betreten. Sie fürchteten immer einen Hinterhalt, dass eine Gefangene sie angriff, anspuckte oder zumindest wüst beschimpfte.

Aber wenn Ursula hier in die Zellen kam, grüßten die Frauen sie mit einem Lächeln und aufrichtiger Dankbarkeit. Sie waren nicht die muskulösen und vermännlichten Weiber, die sie erwartet hatte, sondern sahen ganz normal aus. Vielleicht etwas weniger gepflegt und sicherlich kränklicher und dünner, aber dennoch wie jede andere deutsche Frau auch. Unter anderen Umständen hätten sie Freunde werden können. Nicht dass Ursula diesen Gedanken ernsthaft in Erwägung zog, denn Verbrüderung war ein ernsthafter Verstoß, der sie in Teufels Küche bringen konnte.

Ursulas liebste Tageszeit war der Freigang, denn dann konnte sie draußen sein, den Sonnenschein genießen und vergessen, wo sie war. Trotzdem hatte sie immer ein Auge auf die Gefangenen und konnte nicht anders, als ihre Gespräche mitanzuhören.

Margit und Hilde standen nicht weit von Ursula entfernt. „Also, warum bist du hier?", fragte die Neue ihre Zellengenossin.

Ursula spitzte die Ohren. Die offizielle Akte besagte, dass Hilde Quedlin des Hochverrats schuldig war. Aber was sie genau getan hatte, das stand nicht in den Papieren.

„Ich habe oft Dokumente für meinen Mann getippt und eines Tages bat er mich, einige technische Dinge auf eine ganz eigentümliche Art abzutippen", antwortete Hilde.

„Eine eigentümliche Art – was meinst du damit?", fragte Margit.

„Nun, mehrere Blatt Papier übereinanderschichten, dazwischen Durchschlagpapier, um Kopien anzufertigen. Ich hatte mir damals nichts dabei gedacht, außer dass es eigenartig war."

„Und dann?"

Ursula entfernte sich einige Schritte, täuschte Desinteresse vor, blieb aber nah genug, um noch in Hörweite zu sein.

„Diese Papiere waren technische Pläne von seiner Arbeit – Funkübertragungsapparate für die Wehrmacht – und er gab sie an unsere Feinde weiter. Ich hatte es bereits vergessen, aber dann wurde er verhaftet und ich ebenso." Ein trübseliger Ausdruck überkam Hildes ganze Haltung, als sie seufzte. „Die Gestapo dachte, ich sei daran beteiligt gewesen."

Ursula konnte nicht anders, als eine Hand auf ihren Mund zu pressen. Es gab so viele Gerüchte darüber, was im Hauptquartier der Gestapo geschah, und sie wagte es nicht, sich vorzustellen, dass einige dieser Dinge dieser zarten, freundlichen Frau vor ihr passiert sein mochten.

„Du wurdest zum Tode verurteilt, weil du etwas abgetippt hast?" Margits braune Augen blitzten, sie stampfte auf und schrie: „Das ist so ungerecht!"

Ursula verkürzte den Abstand zu den beiden Frauen, packte instinktiv den Schlagstock mit ihrer rechten Hand und rief die beiden zur Ordnung. „Gefangene Staufer. Kein Schreien und Aufstampfen."

Margit sah sie an wie ein verschrecktes Reh und nickte mit weit aufgerissenen Augen, während Hilde eine Hand auf Margits Arm legte und sich mit ruhiger Stimme an Ursula wandte: „Verzeihung, Frau Hermann. Es wird nicht wieder vorkommen."

Ursula nickte und entfernte die Hand von dem Schlagstock, der um ihre Hüfte gebunden war.

„Passt besser auf, oder ich muss Euch dem Direktor melden." Ursula fühlte, wie die Galle in ihr hochstieg. Fräulein Staufers Wut war verständlich. Sie hatte selbst aufschreien wollen, als sie Hilde Quedlins Erzählung gehört hatte. Aber Regeln waren Regeln und mussten befolgt werden.

Wenn man begann, die Hoheit der Regierung in Frage zu stellen, dann würde in diesem Land bald Anarchie herrschen. *Und inwiefern wäre das schlimmer als es jetzt schon ist?*, fragte die lästige Stimme in ihrem Kopf. *Muss man nicht das tun, was für sein Land das Beste ist, selbst wenn es Hitlers Meinung nach das Falsche ist?*

Ursula senkte ihre Augen zu Boden, bis ins Innerste erschüttert von ihren blasphemischen Gedanken. Sie war dankbar für das Klingeln, welches das Ende des Freigangs ankündigte. Die Regeln in Frage zu stellen, war der Anfang vom Ende. Oder nicht?

Tage wurden zu Wochen und mit jedem persönlichen Schicksal, das Ursula erfuhr, bröckelte ihr Glaube an die Unfehlbarkeit des Führers und der Partei ein Stückchen mehr. Obwohl sie sich stets versicherte, dass die Regierung am besten wusste, was zu tun war, musste sie zugeben, dass die meisten der Insassinnen von Plötzensee die Todesstrafe nicht verdient hatten. Sie waren keine Mörderinnen oder Gewalttäterinnen; sie tanzten doch nur ein wenig aus der Reihe, hatten Flugblätter gegen die Nazis verteilt oder Juden vor der Verfolgung versteckt.

Hannelore, ein Mädchen in Lottes Alter, wurde verhaftet, weil sie ihren jüdischen Stiefbruder versteckt hatte. Letztendlich hatte die Polizei ihn gefunden und ihn fortgeschafft. Sie selbst wurde wegen regierungsfeindlicher Aktivitäten zum Tode verurteilt.

Tränen brannten in Ursulas Augen, als sie das hoffnungslose, von Angst und Schuldgefühlen geplagte Kind sah. Sie lächelte Hannelore zu und – entgegen aller Regeln – sprach ihr in einigen Sätzen Mut zu. Das dankbare Lächeln, das sie als Antwort bekam, war wie ein kostbares Geschenk.

Von da an ersann Ursula Mittel und Wege, um den verurteilten Häftlingen zu helfen. Einfache Dinge. Sie schmuggelte Kassiber – geheime Nachrichten – aus dem Gefängnis heraus. Ließ die Besucher der Frauen Geld hineinschmuggeln. Verlängerte die Besuchszeiten um einige wertvolle Minuten. Oder sprach hier und da Mut zu.

Mit jeder kleinen Tat wurden Ursulas Schritte lebhafter und ihr Strahlen leuchtender. Es war eine pure Freude zu sehen, wie sehr diese Frauen ihre winzigen Gesten der Menschlichkeit schätzten.

An einem besonders ruhigen Tag im Gefängnis betrat Ursula die kleine Zelle mit dem klapprigen Stockbett aus Metall, wo Hilde und Margit hausten. Sie brachte Margit ein kleines Paket von ihren Eltern.

Hilde sah an diesem Tag besonders traurig aus und Ursula konnte nicht widerstehen, ihr die hochvertrauliche Information weiterzugeben, die sie selbst einen Tag zuvor von ihrer Vorgesetzten bekommen hatte. „Frau Quedlin, es ist noch nicht amtlich, aber es scheint, dass Frauen nicht mehr hingerichtet werden."

Das Gesicht der Gefangenen hellte sich auf wie ein Kronleuchter. „Das sind doch gute Neuigkeiten, nicht wahr? Vielleicht werde ich doch noch meine Kinder großziehen können …"

Ursula konnte sehen, dass die arme Frau den Tränen nahe war, und sie verließ ohne ein weiteres Wort die Zelle, um ihr etwas Privatsphäre zu geben. Aber als sie die Tür schließen wollte, sagte eine sanfte Stimme: „Warten Sie."

Ursula sah sie an. „Ja?"

„Wissen Sie, Frau Hermann, ich schätze Ihre Freundlichkeit wirklich sehr. Wir alle tun das", sagte Hilde und Margit nickte zustimmend.

„Keine Ursache, wirklich." Ursula schüttelte den Kopf, als ein kleiner Anflug von Stolz in ihrer Brust schwellte.

„Doch. Hier drinnen bedeutet jedes einzige ermunternde Wort so viel für uns. Sie sind ein Engel, der vom Himmel geschickt wurde, um uns in diesen schweren Zeiten beizustehen."

„Unser Blonder Engel", sagte Margit mit der Unverfrorenheit der Jugend. Ursula zog es vor, sie nicht zu tadeln, und verließ ohne ein weiteres Wort die Zelle. Tief in ihrem Herzen war sie stolz auf ihren neuen Spitznamen.

Einige Tage später kam sie nach einer anstrengenden Nachtschicht nach Hause und fand Anna vor, die sich gerade für die

Arbeit fertig machte. Während der vergangenen Tage hatten sie nur mit auf dem Küchentisch hinterlassenen Notizen miteinander kommuniziert, da sie sich meist um ein oder zwei Stunden verpassten.

„Guten Morgen, Anna", sagte Ursula und warf ihre Handtasche auf den Küchentisch.

Anna legte den Kopf schief und sagte: „Was ist mit dir los? Solltest du nicht weniger … enthusiastisch sein?"

Ursula goss sich eine Tasse Kräutertee ein und setzte sich an den Tisch, um ihrer Schwester von ihrer neu entdeckten Mission zu erzählen. „Weißt du, es ist so ein gutes Gefühl, Trost zu spenden, selbst wenn es nur kleinste Dinge sind. Ich glaube, ich habe meine Bestimmung gefunden: Mich um diese Frauen zu kümmern, um die sich der Rest der Welt nicht mehr sorgt."

„Oh … oh …", neckte Anna. „Das ist meine große Schwester. Passt immer auf jemanden auf."

Ursula warf ihr einen finsteren Blick zu.

„Aber ich bin stolz auf dich. Wenn wir alle um ein Stückchen Menschlichkeit inmitten der Dunkelheit dieses schrecklichen Krieges kämpfen, dann ist noch nicht alles verloren." Anna umarmte sie und sagte dann: „Entschuldige, Schwesterherz, aber ich muss los oder ich komme zu spät zur Arbeit."

KAPITEL 5

Ende Mai stand Berlin in voller Blüte. Kastanienbäume erstrahlten mit weißen und rosaroten Blüten und zauberten ein Lächeln auf die Gesichter der Passanten. Es war, als hätte sich die Natur entschlossen, dem Schrecken des Krieges zu trotzen und die grauen Trümmer der ständigen Luftangriffe durch farbenfrohe Blumen zu ersetzen.

Ursula war auf dem Weg nach Hause. In den Händen trug sie zwei Taschen gefüllt mit ihren und Annas Rationen für diese Woche. Sie blickte zum strahlendblauen Himmel hinauf und fragte sich, ob der Krieg nichts als ein schlechter Traum gewesen war. Ein Albtraum, der mit der Frühlingssonne verschwunden war, die jede Oberfläche, die sie berührte, in goldenes Licht tauchte und damit die Herzen der Hauptstädter erwärmte.

Vielleicht war dieser wunderschöne Frühlingstag der Vorbote glücklicherer Zeiten in nicht allzu ferner Zukunft. Wie sehr sie wünschte, es wäre wahr!

Sie stellte die schweren Taschen voller Lebensmittel ab und klimperte mit den Wohnungsschlüsseln, als Frau Weber, die neugierige Nachbarin von nebenan, ihre Tür öffnete und nach draußen linste. „Oh, da sind Sie ja, Fräulein Ursula, ich habe auf Sie gewartet."

„Guten Tag, Frau Weber", sagte Ursula mit ihrer freundlichsten Stimme, obwohl sie innerlich stöhnte. Jetzt würde Frau Weber sie unweigerlich mit einer Lawine von neugierigen Fragen überschütten.

„Der Postbote kam vorhin und brachte ein Telegramm für Sie." Frau Weber hielt den amtlich aussehenden Briefumschlag in ihrer Hand.

Ursulas Herz schlug bis zum Hals und ihre Knie schlotterten. Ein Telegramm. Dieser Papierstreifen konnte entweder wunderbare oder entsetzliche Neuigkeiten enthalten. Niemals etwas dazwischen.

„Danke sehr", presste sie hervor und nahm den Umschlag mit zitternden Fingern aus den Händen ihrer Nachbarin. Sie würde Frau Weber nicht die Genugtuung geben, Zeugin zu sein, wie sie ihn öffnete. Stattdessen stopfte sie das Telegramm in die Tasche mit den Lebensmitteln. Dann schloss sie ihre Wohnungstür auf, trat ein und warf die Tür mit dem Fuß zu. Sie lehnte sich von innen an die geschlossene Tür, um zu Atem zu kommen.

Die Versuchung war übergroß, aber Ursula entschloss sich, zuerst die Lebensmittel einzuräumen. Dann warf sie sich auf ihr Bett und riss den Umschlag auf.

Frau Ursula Hermann,

Wir bedauern Ihnen mitteilen zu müssen, dass Ihr Ehemann Andreas Hermann im Kampf gegen den Feind gefallen ist. Sein Vorgesetzter sendet Ihnen sein aufrichtiges Beileid ...

. . .

Der Rest der Worte verschwamm mit den Tränen, die ihre Wangen herunterflossen. Innerhalb von Sekunden hatte das Telegramm den frühlingshaften Sonnenschein verdunkelt und das Zimmer in Kälte und Schatten getaucht. *Andreas ist tot. Tot!* Mit ihm waren alle Hoffnungen auf eine bessere Zukunft begraben. Sie beweinte den Verlust – ihre wunderbare Vergangenheit und die gemeinsame Zukunft, die sie niemals haben würden. Ihre Träume lösten sich mit jeder vergossenen Träne auf und ließen nichts übrig als ein großes, schmerzendes Loch in ihrem Herzen.

Als sie all ihre Tränen vergossen hatte, schluchzte sie auf bei dem Gedanken, dass sie jetzt nicht nur eine Witwe war, sondern eine Witwe, die nie mehr als einen leidenschaftlichen Kuss mit ihrem Ehemann geteilt hatte. Sie und Andreas waren niemals als Mann und Frau zusammen gewesen. Was, wenn sie nie mehr einen anderen Mann lieben würde? Die Freuden einer Ehe erfuhr? Kinder bekam? Plötzlich verstand sie Annas Verbitterung über den Mangel an jungen Männern. Er war begründet in der Sorge um … *Was, wenn keine Männer mehr übrig waren nach Beendigung dieses furchtbaren Krieges?*

Ursula verbrachte den Rest des Tages wie eine Untote. Weder aß sie noch weinte sie. Sie wanderte von Zimmer zu Zimmer, setzte sich auf verschiedene Stühle, immer bestrebt, dem inneren Unbehagen zu entfliehen. Aber die Leere in ihr wuchs mit jeder vergehenden Minute. Als Anna nach Hause kam, händigte Ursula ihr das Telegramm ohne ein Wort aus.

Ihre Schwester las es und hielt sie dann in stiller Umarmung. Es gab nichts zu sagen, nichts Positives, was man aus dieser Sache ziehen konnte. Keinen Trost.

Am nächsten Morgen überschminkte Ursula ihre geröteten Augen und ging wieder zur Arbeit. Trotz aller Mühe, ihre unbändige Trauer zu verstecken, war ein Blick in die sorgenvollen Gesichter der Gefangenen genug, um zu wissen, dass sie ihr gezwungenes Lächeln durchschauten. Es wäre für die

Frauen vollkommen unangebracht gewesen, nachzufragen, aber ihre wie unabsichtlich dahingesagten Mitleidsbekundungen sprachen für sich selbst.

Als sie ihre Trauer nicht mehr für sich behalten konnte, suchte sie den katholischen Priester auf, der im Gefängnis arbeitete. Er spendete den Insassen moralische Unterstützung und Trost, unabhängig von deren Glauben oder Nationalität. Sie wartete, bis er zu seinem kleinen Büro zurückkehrte, bevor sie sich ihm näherte.

„Pfarrer Bernau, haben Sie einen Moment Zeit?“, fragte Ursula nervös. Es war das erste Mal, dass sie ein persönliches Gespräch mit ihm führte.

„Natürlich, meine Liebe. Kommen Sie herein.“ Pfarrer Bernau war ein hagerer Mann in seinen späten Vierzigern, mit warmen, braunen Augen.

Ursula saß ihm gegenüber und blickte hinunter auf ihre Hände, die sich unbeholfen in ihrem Schoss verschränkten und wieder öffneten. Der Pfarrer war ein geduldiger Mann und drängte sie nicht zu sprechen, noch redete er selbst. Aber irgendwie schaffte er es, aus der nervösen Stille eine angenehme zu machen, und nach einigen Minuten hatte Ursula die Kraft gefunden zu sprechen.

„Vater, ich … mein … ich musste mit jemandem reden. Mein Ehemann ist gestorben – ist tot. Tot! … Ich weiß nicht wirklich, warum ich hier bin, Sie können nichts tun …“, sagte sie leise, während sie gegen ihre Tränen ankämpfte und auf den Ehering blickte, den sie trotzig weiterhin trug.

„Es tut mir leid, das zu hören, mein Kind, es ist ein schmerzlicher Verlust. Sie haben recht, ich kann nichts an der Tatsache ändern, aber ich bin hier, um zuzuhören, wann immer Sie jemanden zum Reden brauchen.“ Die sanfte Stimme des Pfarrers ließ die sorgfältig aufgebaute Mauer um ihre Trauer bröckeln. Ursula atmete tief ein, unfähig zu sprechen, während heftige Gefühle ihren Körper schüttelten. Im Zimmer war es bis auf ihr leises Schluchzen still. Erst als sie die große Hand des Pfarrers auf ihrer eigenen spürte, sah sie in seine gütigen, braunen Augen und fühlte sich plötzlich albern.

Dieser Mann hatte so viel Leid gesehen. Er hatte Hunderte von Gefangenen in ihren letzten Stunden begleitet und hier war sie nun und beweinte den Tod ihres Mannes, der im Kampf gefallen war.

„Es tut mir leid", flüsterte sie.

„Das muss es nicht. Jedes Leid ist einzigartig und verdient es, gehört zu werden. Sie haben ihren Mann geliebt und ihn zu verlieren, ist eine harte Probe, die Gott von Ihnen abverlangt. Aber Sie müssen stark bleiben und die guten Zeiten, die Sie mit ihm hatten, in Ehren halten. Die Zeit wird Ihre Trauer heilen", tröstete sie Pfarrer Bernau.

„Aber wie kann das Gottes Werk sein? Mein Mann starb in diesem schrecklichen Krieg, durch die Hand eines anderen Menschen. Wie kann Gott das alles zulassen?" Wut überkam sie und sie sprang auf und stampfte mit dem Fuß. „Es ist so ungerecht! Warum Andreas? Warum ich? Wir haben nichts getan, um das zu verdienen!" Sie ließ sich zurück auf den Stuhl fallen, beschämt über ihren Ausbruch, aber auch merkwürdig befreit.

„Schreckliche Dinge passieren auch guten Menschen. Es ist nicht Gottes Wunsch, uns Menschen zu verletzen, aber er gab uns den freien Willen, und nicht jeder gebraucht ihn weise. Sie und ihr Ehemann sind in die Mühlen weit größerer Ereignisse geraten, und es tut mir aufrichtig leid für Sie. Diejenigen, die dafür verantwortlich sind, werden dafür im Jenseits bezahlen. Lassen Sie sich nicht verbittern, sondern suchen Sie Mittel und Wege, denjenigen zu helfen, die weiterhin auf dieser Welt wandeln."

Ursula grübelte über seine Worte, unsicher, was er von ihr erwartete, oder ob er überhaupt etwas vorgeschlagen hatte. Aber bevor sie eine Frage stellen konnte, hörte sie ein Klopfen an der Tür.

Nach einem weiteren Blick auf ihr Gesicht sagte der Priester: „Nun gehen Sie, mein Kind. Und denken Sie daran, ich bin hier, um zuzuhören, wann immer Sie den Wunsch verspüren."

„Ich danke Ihnen." Ursula nickte und ging. An ihrer Stelle betrat ein männlicher Häftling den Raum. Auf ihrem Weg zurück zum Frauentrakt passierte sie einen Männerflügel. Derselbe graue Betonboden, dieselben dicken Mauern mit grauen Metalltüren und vergitterten Fenstern in den Türen, aber die Stimmung war eine andere.

Die kaum unterdrückte Wut schwebte wie dicker Nebel in der Luft und laute Stimmen kamen aus dem Inneren der Zellen. Ursula wollte nicht lauschen, aber als sie hörte, wie Pfarrer Bernaus Name in einer hitzigen Diskussion fiel, verlangsamte sie unabsichtlich ihre Schritte und spitzte die Ohren.

„... der Priester muss vorsichtiger werden. Er sollte wissen, dass nicht jeder Gefangene vertrauenswürdig ist", sagte eine Stimme.

„Genau. Es gibt genug Spitzel, die bereit sind, ihre eigene Mutter an die Gestapo zu verkaufen, um ihr elendiges Leben zu retten."

„Wie oft haben wir ihm schon gesagt, er soll seine Abneigung gegen die Regierung nicht offen zugeben? Dass er vorsichtiger sein muss und nicht blindlings vertrauen darf ..."

Ursula beschleunigte ihre Schritte. Was sie hörte, war unglaublich. Falls es wahr wäre, könnte Pfarrer Bernau der nächste auf der Todesliste sein. Ihr Magen drehte sich um beim Gedanken daran, wie dieser freundliche und fürsorgliche Mann die Stufen zur Guillotine emporschritt, seine Hände hinter seinem Rücken gefesselt. Sie schüttelte den Kopf, um das Bild verschwinden zu lassen, und verbannte die überhörten Worte weit in die hintersten Winkel ihres Gehirns.

Sie hatte es missverstanden. Es war ein aus dem Zusammenhang gerissener Gesprächsfetzen. Es konnte nicht wahr sein.

KAPITEL 6

Am nächsten Morgen erhielten sie überraschend einen Brief von Lotte.

Liebste Schwestern,

Ihr wisst, wie sehr ich es hasse, Briefe zu schreiben, aber alles ist besser als eine einzige weitere Minute dieser öden Langeweile, die ich ertragen muss. Wenn dieses Dorf auch nur einen Gang zurückschaltet, würden wir in der Zeit zurückreisen. Ich beobachte jetzt herabfallende Blätter, wenn ich mal etwas Ablenkung brauche.

Offen gesagt, ein wenig Kriegsgeschehen würde die Eintönigkeit durchbrechen. Ihr könnt so viel lachen, wie Ihr wollt, aber der Luftangriff bei Euch sorgte zumindest für etwas Aufregung. Wenn ich diesen Ort hier nicht sehr bald verlasse, müsst Ihr auf meinen Grabstein schreiben: „Sie ist vor Langeweile gestorben, während im Rest der Welt ein atemberaubender Krieg tobte."

Meine einzige Abwechslung sind Tante Lydias fünf Kinder. Aber sagt mir, wie lange kann man sich damit beschäftigen, mit Kleinkin-

dern herumzukrabbeln? Ich fühle mich, als wäre ich an den Rand der Welt gedrängt worden, während im Zentrum weltbewegende Ereignisse passieren. Ich möchte ein Teil der Zukunft sein und meinen Beitrag leisten – und damit meine ich keine dumme oder langweilige Arbeit, die mir zugeteilt wird.

Ihr beide wisst, was ich wirklich tun möchte.

Ursula legte den Brief beiseite, während die eisige Hand der Angst ihr Herz zerquetschte. Lotte war die Art von Mädchen, die etwas schrecklich Dummes anstellte, ohne jemals über die Konsequenzen nachgedacht zu haben – wie den sinnlosen Akt, gegen diejenigen, die an der Macht waren, Widerstand zu leisten. Mit zitternden Händen nahm sie den Brief wieder auf.

Ich will nicht länger von Kühen und Hügeln und Stille umgeben sein. Ich möchte keine Rotznasen putzen oder die Kinder tadeln, wenn sie zu laut sind. Ich hasse jede Sekunde, die ich hier bin. Das ist kein Leben – ich hatte noch nie so ein sinnloses Dasein, nicht einmal als ich ein Kind war und nichts anderes konnte, als in die Windel zu machen.

Ursula kicherte über den niedergeschriebenen Wutausbruch ihrer Schwester. Es war, als stünde der rotlockige, bockige Wildfang höchstpersönlich vor ihr und stampfe mit dem Fuß, wie sie es tat, wenn sie nicht ihren Willen bekam.

Ein Geräusch aus dem Flur lenkte Ursula ab und als sie aufsah, stand Anna bis auf die Knochen durchnässt in der Tür. Instinktiv sah sie zum Fenster, aber die dicken Verdunkelungsvorhänge verhinderten eine Sicht nach draußen.

„Regnet es doll?“, fragte sie und kicherte beim Anblick von Annas mürrischem Gesicht.

„Nein, ich dachte, ich dusche mal komplett angezogen. Da spart man sich den Waschtag."

„Na komm. Zieh deine nassen Sachen aus, ich mache uns Tee. Dann können wir Lottes Brief gemeinsam lesen." Ursula erhob sich vom Sofa und ging in die Küche.

„Du machst Witze, oder? Unsere Schwester schreibt keine Briefe. Das wäre der erste in den zwei Jahren, die sie nun weg ist." Anna zog ihre Schuhe und ihren Mantel aus und folgte Ursula in die Küche.

„Ich befürchte, sie ist drauf und dran, eine Dummheit zu begehen", antwortete Ursula und zeigte auf den Brief, der auf dem Couchtisch lag. „Wappne Dich für ein unterhaltsames Melodrama."

Anna schnappte sich den Brief und las laut vor:

Versteht mich nicht falsch. Ich bin, trotz meiner Witze darüber, dankbar, dass es hier keine Luftangriffe gibt.

Mutter nimmt jetzt Aufträge für Näharbeiten von den Bauern an, um Geld zu verdienen, und sie versucht, mir das Nähen und andere Hausarbeiten beizubringen. Dabei übersieht sie völlig, dass ich für Größeres bestimmt bin. Mein größter Erfolg im Leben wird sicher keine elegante Applikation auf einem gottverdammten Kissen sein.

Falls ich mir jemals überlegen sollte, eine Hausfrau zu werden, würde mich dann bitte eine von euch vorher erschießen?

„Himmel, das ist typisch Lotte!", unterbrach Ursula ihre Schwester beim Vorlesen.

„Nun, wir haben eigentlich nie damit gerechnet, dass Mutter es schaffen würde, ihr Damenhaftigkeit einzubläuen, oder?", sagte Anna mit gerunzelter Stirn.

„Du hast recht. Unser Nesthäkchen ist wie ein loderndes

Feuer, das man nicht löschen kann“, stimmte Ursula zu. „Lies weiter.“

Anna tat, wie ihr geheißen.

Mal was Positives. Ich habe mich mit einem anderen Mädchen angefreundet. Irmhild ist klüger als der Rest der Bauerntrampel und sie arbeitet im Rathaus von Mindelheim, wo meine Mittelschule liegt.

Durch sie habe ich vielleicht etwas Sinnvolles gefunden, das ich tun kann. Ich bin nicht dumm genug zu glauben, ich könne die Welt verändern, aber meine Taten können wenigstens für einige Menschen einen Unterschied machen.

Alles Liebe
Lotte

„Jetzt bin ich wirklich besorgt“, sagte Ursula und versuchte, die böse Vorahnung, die sich ihrer bemächtigte, zu unterdrücken.

„Nein, das ist bestimmt nur Geschwätz. Du weißt doch, wie sie ist“, antwortete Anna, aber der zögernde Ton ihrer Stimme verriet ihre wahren Gedanken.

„Sollten wir Mutter anrufen?“, flüsterte Ursula.

„Und ihr was sagen? Dass Lotte einen Brief geschrieben hat und etwas Sinnvolles tun will?“

Ursula blickte ihre Schwester gespielt böse an. „Sie wird sich in ernsthafte Schwierigkeiten bringen. Ich kann es förmlich riechen.“

„Wann hat sie sich jemals *nicht* in Schwierigkeiten gebracht?“, lachte Anna. „Erinnerst du dich noch an damals, als ein Junge aus ihrer Klasse gesagt hat, dass Mädchen weniger wert seien als Jungs, und dass sie nie etwas anderes als eine Hausfrau sein würde?“

„Er hat ihre Faust nicht kommen sehen", amüsierte sich Ursula, aber tief im Inneren konnte sie nicht anders, als ein wenig eifersüchtig zu sein. In Lotte brannte wirklich ein unauslöschliches Feuer. Es war etwas Ansteckendes an ihrer Leidenschaft für Gerechtigkeit, an ihrer unbändigen Lebenslust und dem Willen, die Dinge verändern zu wollen. Ihre kleine Schwester besaß eine Art von innerem Mut, die nur sehr wenige Menschen ihr Eigen nannten.

Ursula und Anna verbrachten den Rest des Tages mit Hausarbeit. Seit ihre Mutter aufs Land gegangen war, hatten sie das schiere Ausmaß der Dinge, die sie immer erledigt hatte, schätzen gelernt.

Natürlich genossen sie die Freiheit abseits von Mutters strengen Adleraugen. Sie mussten sich nicht länger ein Zimmer teilen oder sogleich aufräumen, nachdem sie Unordnung gemacht hatten. Aber es war nicht das, wovon sie als Jugendliche geträumt hatten – ein Leben ohne Regeln und Ausgehverboten. Stattdessen mussten sie nach einem langen Arbeitstag noch Lebensmittel einkaufen, kochen, putzen und waschen.

KAPITEL 7

Die Monate vergingen wie im Flug und der Sommer raste vorbei. Ursulas Arbeit im Gefängnis, obwohl immer noch nicht ihr Traumberuf, war viel angenehmer als zuvor. Trotz ihrer halbherzigen Versuche, es zu verhindern, hatte Ursula eine Verbindung zu den weiblichen Insassen aufgebaut.

Sie hatte Tränen der Freude geweint, als Margit Staufer in Freiheit entlassen worden war, und Tränen der Traurigkeit, als Hilde Quedlin hingerichtet worden war. Es war eine unerfreuliche Überraschung für jeden in Plötzensee gewesen. Nach der inoffiziellen Verlautbarung, dass Frauen nicht mehr hingerichtet wurden, war Hilde die erste Frau gewesen, die dieses Schicksal erleiden musste.

Nach ihrer Hinrichtung stieg die Spannung im Frauentrakt ins Unerträgliche, denn jede Frau fragte sich, ob sie als nächste an der Reihe sei. Ursula litt mit ihnen, aber es gab nicht viel, was sie tun konnte. Wenn sie zu offensichtlich freundlich zu diesen Frauen war, brachte sie ihr eigenes Leben in Gefahr.

In der ersten Woche im September 1943 ging Ursula in der Abenddämmerung den bekannten Weg von der Bushaltestelle zum Plötzenseer Gefängnis entlang. Der heiße Sommer hatte warmen Tagen und kühlen Nächten Platz gemacht und die Blätter an den Bäumen verfärbten sich in den schönsten Gelb- und Rottönen.

Ursula unterdrückte ein Gähnen und schleppte sich zum Eingang der Haftanstalt. Sie hatte widerwillig zugestimmt, für eine kranke Kollegin einzuspringen und alle Nachtschichten dieser Woche zu übernehmen. Nach einer achtundvierzig Stunden Wochenendschicht würde dies die dritte Nachtschicht in Folge sein und sie konnte kaum noch die Augen offen halten.

„Guten Abend, Frau Hermann", grüßte sie Frau Schneider, die dabei war, das Gebäude zu verlassen. „Es tut mir leid, dass ich Sie so viel arbeiten lasse, aber wir sind im Moment furchtbar unterbesetzt. Falls ein Problem auftaucht, melden Sie es bitte Herrn Mayer im Männertrakt."

„Ja, Frau Schneider." Ursula nickte ihrer Vorgesetzten zu. „Ich bin sicher, es wird kein Problem geben. Die Nächte sind normalerweise ruhig."

„Ich würde nicht gehen, wenn ich nicht wüsste, dass ich auf Sie zählen kann, damit es auch so bleibt. Unsere Insassen respektieren Sie."

„Danke." Ursula zwang sich zu einem Lächeln, bevor sie zum Umkleideraum ging. Frau Schneider war eine gute Frau, aber Ursula wagte nicht, sich vorzustellen, wie sie reagieren würde, falls sie je von Ursulas Spitznamen *Blonder Engel* Wind bekam.

Ursula war kaum von ihrer ersten Inspektionsrunde zurückgekommen und setzte sich in den Mitarbeiterraum im Erdgeschoss, als die Hölle losbrach. Den vorausgegangenen Fliegeralarm hatte sie ignoriert, da die dicken Mauern des Gefängnisses ihr immer ein Gefühl von Sicherheit gaben.

Heute jedoch war es anders. Eine Bombe schlug in der Nähe ein. Der Aufprall hallte durch das ganze Gebäude und erschütterte den Boden, auf dem sie stand. Staub wirbelte durch die Luft. Ursula hastete in den Flur und rannte in den Schutzraum, der sich im Keller des alten Gebäudes befand.

Sie erreichte die Sicherheit des Kellers, als gerade eine weitere Bombe das Gebäude mit einem ohrenbetäubenden Knall traf. Herr Mayer zählte durch und als er sicher war, dass alle Wachen im Raum waren, schloss er die Tür von innen ab. Jeder musste nun hierbleiben, bis Entwarnung gegeben wurde.

Sogar tief unten im Keller erzitterten die Wände vom Einschlag der unzähligen Bomben. Ursula kauerte sich in eine Ecke und vermied es, die anderen etwa fünfzehn Kollegen anzusehen. Sie fürchtete, ihre eigenen furchtbaren Schuldgefühle in deren Gesichtern widergespiegelt zu sehen.

Sie hatten die Männer und Frauen hinter Gittern ihrem Schicksal überlassen. Eingesperrt. Ihnen die Möglichkeit verwehrt, Schutz zu suchen. Sie wusste nicht, wie lange sie den dumpfen Schlägen, die um sie herum erklangen, zuhörte, den Staub und den Rauch in der Luft roch, während sie um ihr Leben fürchtete, bevor sie in einen unruhigen Schlaf fiel.

Während dieser höllischen Nacht erwachte sie mehrmals, die angstvollen Gesichter der eingesperrten Gefangenen vor Augen. Mehr als einmal war sie drauf und dran, aufzuspringen und sich gegen die schwere Tür zu stürzen, in ihrem Bedürfnis, auszubrechen und den Männern und Frauen da oben zu helfen, bevor diese bei lebendigem Leib verbrannt wurden. Aber sie wusste aus Erfahrung, dass sie es nicht einmal in die Nähe der Tür schaffen würde, bevor sich die anderen Wachen auf sie stürzten und sie festhielten, bis ihr Gefühlsausbruch vorüberging.

Sie hatte das mehr als einmal im Hochbunker in der Nähe ihrer Wohnung erlebt. Manchmal geriet jemand in Panik und wollte nur noch hinaus. Aber es war zu gefährlich, die Türen während eines Angriffs zu öffnen, und die hysterische Person musste unter allen Umständen zur Besinnung gebracht werden. Manchmal brauchte es dazu einen gezielten Schlag gegen den Kopf.

Viele, viele Stunden später schrillte die Sirene Entwarnung.

Ursula wachte mit einem Ruck auf und streckte ihre tauben Glieder. Dann verließen alle den Keller, um eine Bestandsaufnahme der Schäden am Gefängnisgebäude vorzunehmen.

Die Luft war mit Staub und Rauch gesättigt. Sehr zu Ursulas Erleichterung war der Frauentrakt beinahe unbeschädigt. Das Hauptgebäude des Gefängnisses jedoch bot ein Bild der Verwüstung. Schutt, wohin sie auch blickte. Das Gebäude musste einige direkte Treffer kassiert haben und der darauffolgende Brand hatte sein Übriges getan. Die meisten der Zellen waren leer und die Metalltüren hingen schräg in den Angeln. Eisenstangen waren umgeknickt wie Lakritzstangen und Ziegel waren zu Sand zerschlagen worden.

Ursula und die anderen Wachen betraten den Hof, wo sich die meisten der verängstigten Gefangenen versammelt hatten. Sie starrte entsetzt auf das klaffende Loch in der Wand eines der Zellenblöcke. Das Dach des Hinrichtungsraumes war zerstört und die Guillotine aus ihrer Verankerung gerissen worden. Dann hatte das Feuer diesem scheußlichen Apparat den Rest gegeben.

Herr Mayer teilte die Wachen paarweise ein und beauftragte sie damit, die Gefangenen zu zählen und die Anzahl mit den Namen abzugleichen. Bald schon wurden sie von der ankommenden Tagesschicht unterstützt und innerhalb einer Stunde waren alle Insassen mehrmals abgezählt und in die verbliebenen intakten Zellen gepfercht worden.

Der Gefängnisdirektor traf ein. Seinem besorgtem Gesicht nach zu urteilen, gab es ein Problem. Nachdem er erneut die Namensliste durchgegangenen war, rief der Direktor schließlich alle Wachen zusammen und verkündete, dass von den etwas mehr als dreihundert Gefangenen vier fehlten. Die Akten der vier vermissten Sträflinge wurden herumgereicht.

Ursula war viel zu müde, um zu protestieren, als sie mit einem kräftigen Wärter der Tagesschicht eingeteilt wurde, um nach den Flüchtigen zu suchen. Das Grundstück wurde Zentimeter für Zentimeter durchkämmt, aber als die Sonne bereits hoch am Himmel stand und gnadenlos auf die ramponierte Stadt herunterbrannte, hatten sie nicht einen der fehlenden Insassen gefunden.

„Haben Sie den Haufen Schutt da drüben gesehen?", fragte ihr Partner.

„Ja. Glauben Sie, dass die darüber geflüchtet sind?", fragte Ursula mit einem weiteren Gähnen. Die Vorstellung, ans andere Ende des Hofes zu gehen und über den Schutt zu klettern, war alles andere als einladend.

„Besser, wir sehen nach."

Ursula seufzte und schlurfte hinter ihm her zum Schutthügel, der vor der meterdicken Backsteinmauer lag, welche das gesamte Gefängnisgelände umschloss.

„Sieht aus, als wäre hier ein Loch", sagte ihr Partner und blickte zwischen Ursula und dem Riss in der Mauer hin und her. „Sie sind klein genug, um hineinzukriechen und nachzusehen."

Sie stöhnte innerlich. Das fehlte ihr gerade noch, nach dieser gerade überstandenen Schreckensnacht. Aber ihr Partner gehörte zum Stammpersonal und hatte einen höheren Rang, also musste sie seine Anweisungen selbstverständlich befolgen.

„Hier, nehmen Sie meine Taschenlampe. Ich helfe Ihnen, über den Schutt zu klettern", fügte er mit einer Stimme hinzu, die keine Widerworte duldete.

Mit der Hilfe ihres Kollegen erreichte sie den Riss in der Mauer und zwängte sich hindurch. Sie konnte nichts außer gespenstischen Schatten erkennen, aber ihre Nackenhaare sträubten sich und sie hatte das unheimliche Gefühl, beobachtet zu werden. Mit rasendem Herzen knipste sie die Taschenlampe an und schnappte im selben Moment nach Luft. Der Lichtkegel leuchtete in das verängstigte Gesicht eines Mannes. Trotz der Panik auf seinem Gesicht war er ein gutaussehender Mann mit dichtem, dunklem Haar, harten, jedoch angenehmen Zügen und außergewöhnlich grünen Augen.

Sie erkannte ihn sofort. Tom Westlake. Die Akte, die sie vorhin gesehen hatte, besagte, dass er ein englischer Flieger war. Ein Spion.

Sie senkte die Taschenlampe, aber er hielt sie mit seinen Augen im Bann. Eine plötzliche Ruhe breitete sich aus und zwischen ihnen knisterte es. Ursula hatte keine Ahnung, was gerade passierte, und blinzelte das Gefühl weg.

„Bitte. Alles, was ich möchte, ist leben", bettelte der Gefangene.

Sie musste schlucken, als die Erinnerungen an Andreas und eine glücklichere Zeit zusammen mit ihm über sie hinwegfegten. Dieser Mann hatte bestimmt eine Liebste, eine Mutter oder eine Schwester, die zuhause auf ihn warteten und tagtäglich für seine Rückkehr beteten.

Sein Leben lag nun in ihrer Hand, genauso wie das Glück der unschuldigen Frauen, die ihn liebten. Wie konnte sie die Verantwortung für noch mehr Leid in dieser Welt übernehmen?

Der Gefangene faltete die Hände, als würde er beten, und Ursula blickte ein letztes Mal in seine grünen Augen, bevor sie beinahe unmerklich nickte. Dann kroch sie rückwärts wieder aus dem Loch in der Mauer.

„Ich kann niemanden sehen", rief sie ihrem wartenden Kollegen zu. „Das Loch ist eine Sackgasse. Sie müssen anderswo geflüchtet sein."

KAPITEL 8

Ursula trottete zum Verwaltungsgebäude und betrat den Mitarbeiterraum, ohne nach links oder rechts zu schauen. Sie wollte – nein, sie konnte niemandem in die Augen sehen, besonders nicht ihrer Vorgesetzten, Frau Schneider.

O Gott, was habe ich getan? Sie hatte nicht nur einen Häftling entkommen lassen. Nein, sie hatte dem Feind geholfen. Der Gefangene war nicht jemand, der nur Flugblätter verteilt hatte. Er war ein englischer Spion. Ein Bomberpilot. Er und seine Kollegen waren verantwortlich dafür, dass von ihrem geliebten Berlin nichts als Schutt und Ruinen übrig war. Verantwortlich für das Töten von Hunderten und Tausenden. *Kindsmörder!*

Galle stieg ihre Kehle hoch und sie hatte das Verlangen, sich zu übergeben. Ihre Tat war auf so vielen Ebenen schändlich. Falls man ihr auf die Schliche käme, würde sie gehängt werden. Zu Recht. *Ich bin eine Schande für mein Vaterland.*

Trotz ihrer Erschöpfung zwangen sie Schuld und Reue dazu, auf ihrem Weg zur Bushaltestelle einen Umweg zu nehmen, um außen an dem Loch in der Mauer vorbeizugehen. Sie wusste nicht, was sie vorzufinden erwartete, und schwankte zwischen der Hoffnung, er möge verschwunden sein, und der Erwartung, er wäre noch da.

Ursula näherte sich dem Ort mit schweißnassen Händen und fand einen Schutthaufen, ähnlich dem auf der anderen Seite der Mauer. Ihr Herz raste, als sie das Loch entdeckte und hineinlugte. Leer. Das einzige, was sie sehen konnte, war ein Lichtstrahl, der von der anderen Seite der Mauer durchschien, und etwas, das nach einer Reflexion der Sonne aussah, die sich in einem der wenigen noch verbliebenen Gefängnisfenstern spiegelte. *Gott sei Dank, er ist weg.*

Für einen Sekundenbruchteil erfasste sie die Angst, er könnte hier lauern, bereit, sie zu attackieren. Ursula schloss ihre Augen und zwang sich dazu, tief durchzuatmen. Sie anzugreifen würde ihm keinen Vorteil bringen – und in den eindringlichen grünen Augen hatte sie keine Spur von Gewalt gesehen. Falls – Gott bewahre – sie ihn jemals wieder treffen sollte, würde er ihr nichts antun. Das hoffte sie zumindest.

Nach einigen weiteren Atemzügen öffnete sie ihre Augen. Helles Sonnenlicht blendete sie. Die ganze Sache war vorbei. Es war niemals passiert. Sie hatte niemals jemanden gesehen. Niemand konnte das Gegenteil beweisen.

Aber als sie im Bus saß und die Zerstörung der letzten Nacht an ihr vorüberglitt, presste die Furcht auf ihre Lungen und machte das Atmen schwer. Sie musterte jeden einsteigenden Fahrgast und betete, es möge nicht der entflohene Häftling sein.

Der kurze Weg von der Haltestelle zu ihrem Gebäude war wie ein Spießrutenlauf. Sie schreckte bei jedem Passanten auf, voller Panik, er würde rufen: „Haltet sie! Sie half einem Engländer zur Flucht!“

Ihre behagliche Ruhe war in dem Moment verschwunden, als sie aufgehört hatte, nach den Regeln zu leben. Selbst als sie zu Hause ankam, verfolgte sie diese neue Unruhe in ihre eigenen vier Wände. Gedankenverloren ging sie geradewegs in die Küche, wo Anna das Mittagessen zubereitete.

„Hallo, Ursula, ich habe mir schon Sorgen gemacht", begrüßte sie Anna, bevor sie sich umwandte, um ihre Schwester anzusehen. Anna legte ihren Kopf schief. „Möchtest du deinen Mantel nicht ausziehen?"

Ursula sah an sich herab, überrascht, dass sie noch komplett mit Mantel und Straßenschuhen bekleidet war. Sie zog sich aus, erwiderte jedoch nichts.

„Was ist los, Griesgram?" Annas Stirn legte sich in Falten.

„Nichts. Ich bin nur müde", antwortete Ursula. Es war nur eine halbe Lüge. Ihr Körper war erschöpft vom Schlafmangel, aber ihr Geist war ungewöhnlich wachsam und witterte überall Gefahr.

„Verkauf mich nicht für dumm. Seit Andreas gestorben ist, bist du nicht mehr dieselbe. Ich sage nicht, du solltest …"

Ursula warf ihrer Schwester einen kalten Blick zu.

Anna starrte zurück. „Sieh mich nicht so an. Ich mache mir Sorgen um dich. Ich weiß, es ist hart, aber du kannst jetzt nicht zusammenbrechen. Du lächelst ja kaum noch. Erinnerst du dich nicht, was die Leute über dein Lächeln gesagt haben? Wie es jeden um dich herum aufheitern konnte, sogar in den furchtbarsten Zeiten? Ich vermisse das." Anna trat einen Schritt auf ihre Schwester zu, aber Ursula wich zurück.

„Es ist nicht nur wegen Andreas …" Ihre Fassung hing an einem seidenen Faden und sie konnte spüren, wie Tränen in ihre Augen stiegen.

„Was ist es dann?", fragte Anna, die Besorgnis in ihrem schönen Gesicht geschrieben.

„Ich…" *Sei still, sei still,* fuhr sie sich selbst an und atmete noch einmal lange aus. „Die Nacht war hart. Mach dir keine Sorgen um mich. Du hast recht, Anna, ich versuche, mich weniger zurückzuziehen. Es ist nur schwer, mich in Zeiten wie diesen wieder aufzurappeln." Ursula zwang ihr Gesicht zu ebendiesem Strahlen, für das sie bekannt war. „Ich werde gehen und etwas schlafen, bevor meine Nachtschicht beginnt."

„Und das Mittagessen?“, rief Anna ihr nach, aber Ursula hatte bereits ihre Schlafzimmertür geschlossen und sich aufs Bett geworfen. Sie machte sich nicht die Mühe, sich auszuziehen oder die Vorhänge zu schließen. Sie würde sowieso nicht schlafen können. Wie konnte jemand mit dieser Angst, die einem das Herz durchbohrte, leben?

Die Erschöpfung gewann die Oberhand und sie schlief ein. Sie wälzte sich im Bett, verfolgt von Bildern des Flüchtigen sowie von Menschen, die sie als Verräterin beschimpften. Ein Geräusch aus der Richtung der Wohnungstür weckte sie, und Ursula schnellte in eine sitzende Position. Ihre Augen an die Tür geheftet, wartete sie mit pochendem Herzen, dass die Gestapo hineinstürzen und sie festnehmen würde.

Als nichts geschah, schloss sie die Augen und zwang sich, zu atmen. Sie nahm die Lampe auf ihrem Nachttisch als Waffe und öffnete vorsichtig die Schlafzimmertür.

Nichts.

Außer einer Notiz auf einem abgerissenen Stück Papier, die auf dem Küchentisch lag.

Ursula,

Ich muss zur Arbeit und werde nicht vor morgen am späten Nachmittag zurück sein. Bitte iss, und ich hoffe, wir können irgendwann diese Woche reden. Ich mache mir wirklich Sorgen um dich.

Anna

PS: Ich war einkaufen, aber du musst noch Waschmittel besorgen.

. . .

Ursula seufzte, ihr Herzschlag normalisierte sich langsam wieder. Anna arbeitete regelmäßig vierundzwanzig-Stunden-Schichten im Krankenhaus und manchmal sahen sie sich tagelang nicht. Als Mutter noch hier gewesen war, war es ihr nie aufgefallen, aber jetzt, da sie nur noch zu zweit waren … Eine einzelne Träne der Einsamkeit rollte ihre Wange herunter.

Ein Blick auf die Uhr sagte ihr, dass sie noch ein paar Stunden Zeit hatte, bevor sie zur Arbeit gehen musste. Aber an Schlaf war nicht zu denken. Sie entschloss sich, das Waschmittel zu besorgen. Ein Spaziergang im Sonnenschein würde sie hoffentlich einen klaren Kopf bekommen lassen.

Als sie die Wohnung verließ, hörte sie das verräterische Schnappen der Tür ihrer Nachbarin, als die Frau *zufällig* ihre Wohnung mit zwei Einkaufstaschen in der Hand in genau demselben Moment wie Ursula verließ.

„Guten Tag, Frau Weber", grüßte sie die ältere grauhaarige Frau.

„Guten Tag, Fräulein Ursula. Ich habe Sie gestern nicht im Bunker gesehen und mich um ihre Sicherheit gesorgt."

Von wegen. „Ich danke Ihnen für ihre Besorgnis, aber ich musste arbeiten und habe die Nacht dort im Bunker verbracht", antwortete Ursula, ohne ins Detail zu gehen.

„Gott sei Dank. Jetzt, da Ihre Frau Mutter auf dem Land ist, betrachte ich es als meine Aufgabe, ein Auge auf Euch zwei Mädels zu haben." Frau Weber hielt für einen Moment inne und ging dann neben Ursula die Treppe hinunter. „Ist es wahr, dass das Gefängnis schwer getroffen wurde?"

„Ja, aber wir haben alles unter Kontrolle. Es tut mir sehr leid, Frau Weber, aber ich muss mich beeilen, um meine Besorgungen zu erledigen." Ursula konnte es nicht abwarten, die neugierige Frau loszuwerden, sonst würde sie bald in einen ausgedehnten Klatsch über alles und jeden im Haus verwickelt werden.

„Ihr jungen Mädels seid immer in Eile. Gehen Sie nur … Ich

werde sehen, welche mageren Rationen ich für meine Karten bekomme und dann werde ich meine Schwester besuchen, die drei Blöcke entfernt lebt. Sie ist nicht mehr gut zu Fuß."

Ursula schenkte ihr ein Lächeln und rannte davon. Zumindest würde Frau Weber sie kein zweites Mal am heutigen Tag belästigen.

Nachdem sie ihre Besorgungen erledigt hatte, streifte Ursula ziellos durch die Straßen der Nachbarschaft, bis es Zeit war, nach Hause zu gehen und sich für die Arbeit fertig zu machen.

„Hallo", kam eine tiefe Stimme aus dem Nichts.

Der ausgeprägte Akzent ließ ihr Herz galoppieren. Sicherlich war es nicht ... Sie drehte sich um, auf der Suche nach der Herkunft der Stimme. Niemand war zu sehen. War sie endgültig unter der nervlichen Belastung zusammengebrochen und hatte ihren Verstand verloren?

„Hier unten", sagte die Stimme wieder.

Dieses Mal konnte Ursula ausmachen, woher die Worte kamen, und spähte über die niedrigen Büsche am Straßenrand. Am Boden liegend und sein Bein umklammernd, lag der Häftling, den sie heute Morgen hatte entkommen lassen.

Ursulas Hand flog zu ihrem Mund und unterdrückte den Schrei, den sie ausstieß. *Wie hat er mich gefunden?* Wut kochte in ihr hoch. *Oder besser gesagt, warum musste er mich finden?* Jede Sekunde, in der sie neben ihm stand, erhöhte das Risiko, erwischt und als Verräterin verurteilt zu werden. Das musste er doch wissen.

Aber als sie zu ihm hinabsah, wurde ihr Herz weich. Da war etwas in seinen Augen, dem sie nicht widerstehen konnte. Verletzlichkeit. Ehrlichkeit. Sie schluckte und sah sich sein Bein genauer an. Die Gefängnisuniform hatte einen langen Riss auf dem Oberschenkel und zeigte eine hässliche Wunde mit einer dicken Kruste aus getrocknetem Blut. Wenn sie jetzt ging, würde er ganz sicher gefangen genommen und hingerichtet werden.

Sein Ausdruck war ein wenig wirr, als ob er im Delirium oder im Fieber wäre, aber er starrte sie mit flehenden Augen an. *Warum vertraut er mir? Nur weil ich einmal schwach war und ihn entkommen ließ, heißt das noch lange nicht, dass ich es wieder tun werde. Denn das werde ich auf gar keinen Fall.*

Ursulas Verstand schrie sie an, so schnell wie möglich fortzurennen. Aber etwas an diesem Mann faszinierte sie. Ganz gleich wie sehr ihr Gehirn ihr befahl, zu fliehen, ihr Körper blieb, wo er war.

„Sprechen Sie Deutsch?", flüsterte sie, während sie versuchte, möglichst natürlich auszusehen, als sie sich über die niedrigen Büsche beugte.

„Ein bisschen."

Mit einem tiefen Seufzer sah Ursula auf den Mann hinunter. „Folgen Sie mir. Verstehen Sie das?"

Er nickte und stellte sich wacklig auf seine Beine.

„Hier – nehmen Sie meinen Mantel, um die Uniform zu verdecken."

Er nahm das Kleidungsstück und hängte es sich um seine breiten Schultern.

„Sprechen Sie nicht mit mir und verstecken Sie sich hinter einem Baum, sobald sich jemand nähert", wies sie ihn an und sah die Straße auf und ab. Zum Glück legte sich die Dämmerung bereits über die Stadt, aber es war noch nicht ganz dunkel.

Ursula ging zu ihrem Wohngebäude, ohne sich umzusehen, unfähig, das panische Zittern, das ihren Körper schüttelte, zu unterdrücken. Sie ging langsam und lauschte auf seinen humpelnden Schritt hinter ihr. Zweimal begegneten sie einem Passanten und Ursula betete, er möge nicht die uniformierten Beine, die unter dem Saum ihres Mantels hervorlugten, entdecken.

Als sie endlich ihr Zuhause erreichten, öffnete Ursula die Haustür für den Engländer und er stolperte hinein. Dem gequälten Ausdruck auf seinem blassen, verschwitzten Gesicht nach zu urteilen, war er nahe dran, vor Schmerzen in Ohnmacht zu fallen.

„Halten Sie noch durch?“, fragte sie ihn.

„Ging mir nie besser.“ Er zeigte ihr ein schiefes Grinsen, das seine Augen nicht erreichte.

„Ich wohne im dritten Stock.“

Das Grinsen verwandelte sich in Schock. „Nicht sicher, ob ich’s schaffe.“

Nein, er würde es nicht schaffen. Ursula warf alle Bedenken über Bord und schlang ihren Arm um seine schmale Hüfte, um ihm die Treppen hoch zu helfen.

„Danke“, murmelte er, deutlich beschämt, dass er Hilfe brauchte.

Sie erreichten den dritten Stock nach einer halben Ewigkeit und Ursulas Herz hämmerte lautstark gegen ihre Brust. Hastig schloss sie die Wohnungstür auf und schob ihn hinein. In dem Moment, als sie die Tür hinter sich schloss, hörte sie schwere Schritte die Treppen hinaufkommen und lugte entsetzt durch den Türspion. Es war Frau Weber, die schwer beladen die Stufen hochkeuchte.

KAPITEL 9

„Pst. Wir können nicht riskieren, dass uns jemand hört“, flüsterte sie, als Tom Westlake sich gegen die Wand lehnte und stöhnte. Ihre strenge Stimme erinnerte sie auf eine unheimliche Art an Mutter.

Ursula nahm ihm ihren Mantel ab und half ihm, in ihr Zimmer zu hinken und sich auf das Bett zu setzen.

„Ich muss Ihre Wunde säubern“, sagte sie und verschwand, um einen nassen Lappen zu holen. Obwohl sie Angst hatte, war sie gleichzeitig aufgeregt.

Als sie ins Zimmer zurückkam, hatte er seine Gefängnishosen ausgezogen und sie schnappte nach Luft bei dem Anblick seiner nackten Beine, die in nichts als seiner Unterwäsche steckten.

„*Sorry*.“ Er bedeckte seinen Schoß mit der schmutzigen Hose und schenkte ihr ein schwaches, aber erleichtertes Grinsen. „Vielen Dank noch mal.“

Sie antwortete nicht und biss sich auf die Unterlippe, bemüht, sich auf die vor ihr liegende Aufgabe zu konzentrieren. Es gab einen guten Grund, warum sie, anders als Anna, nicht Krankenschwester geworden war. Ein Blick auf seine klaffende

Wunde und ihr wurde mulmig zumute. Sie kniff die Augen zusammen, um so wenig grausiges Blut wie möglich zu sehen, und atmete keuchend, während sie die Wunde säuberte.

Ihr Magen rebellierte und sie musste für einen Moment wegsehen, bevor sie weitermachen konnte. *In was habe ich mich da nur reingeritten? Ich wünschte, Anna wäre hier oder Mutter ...* Der Gedanke an ihre Mutter reichte aus, um das Blut zurück in ihren Kopf zu pumpen. Wenn Mutter hier wäre, hätte sie ernsthaftere Probleme als ihr Unbehagen davor, Blut zu sehen.

„Wie heißen Sie?“, fragte sie, um ein Gespräch anzufangen und sich abzulenken. Sie wusste bereits seinen Namen, aber was sonst konnte sie einen verletzten feindlichen Häftling auf der Flucht fragen? *Schön, Sie kennenzulernen. Danke übrigens, dass Sie mein Land zerbombt haben.*

„Oberleutnant Tom Westlake“, antwortete er und zuckte zusammen, als der Lappen sein Bein berührte.

„Ursula Hermann“, sagte sie, ohne ihn anzusehen. Sie kniff ihre Lippen zusammen und zwang sich, mit dem Säubern der Wunde fortzufahren.

„Danke Ihnen, Frau Hermann. Es tut mir leid ... Ich hätte nicht zu Ihnen kommen sollen, aber ich wusste nicht, wohin sonst ...“, sagte er in überraschend fließendem Deutsch.

Seine Augen waren so voller Elend, dass sie ihm beinahe vergab, sie in diese gefährliche Situation gebracht zu haben. Er war nur ein Mensch. Ein gewöhnlicher Mann. Einmal von der Tatsache abgesehen, dass er in einem anderen Land geboren worden war und eine andere Sprache sprach, war er genauso wie sie. Alles, was er wollte, war, am Leben zu bleiben. Wie jeder hier. Trauer überwältigte sie und Tränen stiegen ihr in die Augen, als sie an Andreas dachte, den Ehemann, den sie verloren hatte. Oberleutnant Westlakes Verwandte sollten nicht denselben Schmerz erleiden. Nicht, wenn sie es verhindern konnte.

„Pst. Nicht sprechen“, sagte sie und deckte ihn zu. Sein

Gesicht hatte einen kränklichen, grünen Schimmer angenommen und wie er so auf dem weißen Laken lag, sah er noch verletzlicher aus.

„Ich bringe Ihnen Wasser und etwas zu essen. Dann muss ich zur Arbeit. Sie dürfen dieses Zimmer nicht verlassen und auf keinen Fall Geräusche machen. Es ist überlebenswichtig, dass niemand Verdacht schöpft. Verstehen Sie das, Herr Westlake?"

Er nickte schwach. Als sie mit einem Glas Wasser und einigen Schrippen mit Schinken und Käse zurückkehrte, war er bereits eingeschlafen. Ursula legte die Verpflegung auf den Nachttisch und trippelte auf Zehenspitzen aus dem Zimmer.

Ursula erreichte das Gefängnis und erledigte ihre Pflichten wie eine Maschine. Die Insassen waren nervös und sprachen in gedämpftem Flüstern über die Ereignisse der vorherigen Nacht. Normalerweise hätte Ursula versucht, die Anspannung mit einem Lächeln oder einem freundlichen Wort zu lindern. Aber jedes Mal, wenn jemand die vier entflohenen Männer erwähnte, zuckte sie zusammen. Schuld und Reue setzten sich tief in ihr fest und so viel sie auch grübelte, sie verstand immer noch nicht, warum sie Oberleutnant Westlake geholfen hatte. Er war der Feind – verantwortlich für das Töten Tausender ihrer Landsleute.

„Frau Hermann, auf ein Wort, bitte?"

Ursula sprang auf, als sie die Stimme ihrer Vorgesetzten hörte. *Sie haben es herausgefunden. Ich bin so gut wie tot.*

„Ja ... Frau Schneider?" Ursula drehte sich um und sah in die durchdringenden Augen ihrer Vorgesetzten.

„Ich habe Sie bereits seit einer Weile beobachtet, Sie sind ungewöhnlich aufgewühlt. Stimmt etwas nicht?"

Ursula schüttelte den Kopf. „Alles bestens."

„Ist es wegen der entflohenen Gefangenen?“, bohrte Frau Schneider nach.

Gott, ja. Woher weiß sie das? „Sie wurden noch nicht gefunden, nicht wahr?“, konnte Ursula hervorquetschen.

„Ich fürchte nicht. Aber machen Sie sich keine Sorgen. Niemand macht uns dafür verantwortlich. Es ist die Schuld dieser verdammten Engländer.“

Ursula atmete aus. „Danke, Frau Schneider. Es ist nur ... letzte Nacht, die Zerstörung des Gebäudes, die entflohenen Sträflinge, es ist sehr viel, was passiert ist. Aber ...“ Sie täuschte ein selbstsicheres Lächeln vor. „Es wird schon werden. In ein oder zwei Tagen bin ich wieder ganz die Alte.“

„Wir sind alle nervös wegen dieses Krieges“, nickte Frau Schneider und ging.

Nach dem Freigang sprach eine Gefangene sie an. „Frau Hermann, haben Sie einen Moment?“

„Ja?“ Ursula ging zu der Frau hinüber. Wegen der Zerstörung des anderen Gebäudeteils hatte man sechs bis zehn Häftlinge in eine Zelle gepfercht, die normalerweise für zwei bestimmt war.

„Meine Familie muss krank vor Sorge sein. Könnten Sie ihnen das schicken, damit sie wissen, dass ich am Leben bin?“

Ursula sah über ihre Schulter, um sicherzugehen, dass niemand sie beobachtete. Praktisch jede der Wachen schmuggelte Dinge ins Gefängnis hinein und heraus, sogar Frau Schneider. Aber der Schein musste gewahrt werden und es war besser, nicht gesehen zu werden.

„Natürlich“, antwortete sie und nahm den Brief und die Briefmarken, die ihr die Frau hinhielt, entgegen.

Dann fuhr sie mit ihrem Kontrollgang fort und verteilte Pakete, die Angehörige den Gefangenen geschickt hatten. Die Gefängnisverwaltung begrüßte solche Pakete, denn ohne Lebensmittel von außen würden die Insassen bei den mageren Rationen langsam verhungern.

Heute brauchte sie länger als üblich, weil die meisten der

Häftlinge in andere Zellen gebracht worden waren und sie die Empfängerinnen erst suchen musste. Aber Ursula war dankbar für die chaotischen Umstände, denn sie beschäftigten ihren Geist so sehr, dass sie nicht an den Engländer in ihrem Zuhause dachte.

Am Ende einer anstrengenden Nachtschicht kam sie nach Hause mit einem einzigen Wunsch: Sich auf ihr Bett fallen zu lassen und zwölf Stunden durchzuschlafen. Aber ein lautes Schnarchen erinnerte sie an die Tatsache, dass ein gutaussehender Mann in ihrem Zimmer schlief. Sie schlich sich hinein, um ihm frisches Wasser zu bringen und seine verschwitzte Stirn mit einem Handtuch zu trocknen.

Sie war sich nicht sicher, ob er sie bemerkte oder nicht. Zwar trank er das Glas Wasser in einem Zug leer, aber er sah sie dabei nicht an und murmelte unverständliche Worte in einer Sprache, von der sie annahm, dass es Englisch war. Nach einem weiteren Blick auf sein schmerzverzerrtes Gesicht entschloss sie sich, im anderen Schlafzimmer zu schlafen, das nun Anna gehörte. Sekunden nachdem sie in das Ehebett ihre Eltern stieg, glitt sie in einen tiefen und traumlosen Schlaf.

„Was machst du hier?", brüllte jemand in ihr Ohr und schüttelte gleichzeitig ihre Schulter.

„Lass mich schlafen …", murmelte sie und rieb sich müde die Augen.

„Warum schläfst du in meinem Bett?", bestand die Stimme auf einer Antwort.

Anna! Sie erinnerte sich plötzlich wieder an alles und setzte sich hellwach im Bett auf.

„Sei bitte nicht böse …", sagte Ursula und klopfte mit der Hand auf den Platz neben sich.

Anna rollte mit den Augen, aber gehorchte. „Das ist eigentlich mein Spruch. Und es macht mir Angst, dass du ihn benutzt. Was hast du angestellt?"

„Nichts. Bitte, hör zuerst zu und schimpf mich später."

Das Runzeln auf Annas Stirn wurde stärker, aber sie nickte.

„Unser Gefängnis wurde während des Luftangriffs letzte Nacht verheerend getroffen und vier Häftlinge entkamen."

„Weiter …"

„Nun … einer von ihnen schläft jetzt gerade in meinem Zimmer …"

„Was?" Anna schrie fast und sprang auf. „Bist du von Sinnen? Da ist ein entflohener Gefangener in unserer Wohnung?"

„Pst … jemand könnte dich hören." Ursula versuchte, ihre Schwester zu beruhigen, aber ihr Einwand hatte nur zur Folge, dass Anna sich noch mehr aufregte.

„Das ist verrückt. Gefährlich. Sogar selbstmörderisch. Muss ich dich daran erinnern, was mit Leuten passiert, die Verbrecher verstecken? Gerade du solltest das wissen!"

Natürlich wusste Ursula das. Sie erlebte das tagtäglich bei der Arbeit.

„Ja doch", murmelte sie. Furcht hinderte sie daran, laut zu sprechen. „Aber … er sah so hilflos aus … Ich kann es nicht erklären. Er erinnerte mich an Andreas und meine schreckliche Trauer. Oberleutnant Westlake ist auch nur ein Mensch wie du und ich. Und er ist krank. Ich musste ihm helfen, konnte meine Augen nicht verschließen und zulassen, dass man ihn ermordet. Ich konnte einfach nicht …" Ihre Stimme versagte und sie blickte ihre Schwester flehend und um Verständnis bettelnd an.

„Westlake?" Anna kniff Augen und Lippen zusammen. „Sein Name ist Westlake? Und er ist was? Ein Soldat? Sag mir bitte nicht, dass er Engländer ist!"

Ursula vergrub das Gesicht in ihren Händen, unfähig, ihrer Schwester in die Augen zu sehen. „Doch, das ist er."

„Du hast den Feind zu uns nach Hause gebracht? Einen dieser verdammten Mörder? Einen von denen, die beinahe jede Nacht ihre Bomben auf unsere Stadt werfen?" Anna hielt inne und starrte ihre Schwester mit ungläubigen Augen an. „Bitte sag mir, dass das nur ein schlechter Witz ist."

„Ist es nicht. Und ich weiß all das, was du gesagt hast. Glaubst du nicht, dass ich mir diese Fragen nicht bereits selbst gestellt habe?"

„Er muss gehen." Anna verschränkte die Arme vor der Brust.

„Ich weiß, und es tut mir leid, aber er ist schwer verletzt und hat Fieber. Ich habe keine Ahnung, wie ich ihn gesundpflegen soll ... aber du weißt es. Du bist Krankenschwester", bettelte Ursula.

Anna stand bewegungslos da und sah zu ihr herunter, aber Ursula wusste, sie hatte ihre Schwester zum Nachdenken gebracht.

„Bitte."

„Ganz bestimmt nicht. Meinetwegen kann er in der Hölle schmoren. Er ist der Feind. Ich helfe dem Feind nicht."

„Du verarztest täglich Patienten, damit die Gestapo sie weiter foltern kann. Ist es nicht an der Zeit, dass du tatsächlich mal jemandem mit deinen Fähigkeiten als Krankenschwester hilfst, anstatt sie für noch mehr Leid zusammenzuflicken?" Ursula wusste, dass das ungerecht war, aber sie brauchte die Hilfe ihrer Schwester.

„Das ist etwas völlig anderes", grummelte Anna mit starrem Blick.

„Ah, und warum ist das etwas anderes? Hast du nicht geschworen, allen Patienten zu helfen?"

„Kram nicht die olle Kamelle der Berufsethik hervor", antwortete Anna, aber zumindest lockerte sie ihre Arme und ging einen Schritt auf ihre Schwester zu.

„Du und Lotte habt immer gesagt, ich solle für meine Überzeugungen einstehen. Und weißt du was? Ihr hattet recht. Es ist höchste Zeit, dass wir etwas moralisch Richtiges tun." Ursula stand auf und legte eine Hand auf Annas Schulter. „Bitte, Anna, ich brauche deine Hilfe."

„Gut. Ich werd ihn mir mal ansehen, aber er verschwindet in dem Moment, wenn sein Fieber sinkt", sagte Anna mit einem finsteren Blick, bevor sie das Zimmer verließ, um ihren neuen Patienten zu untersuchen. Ursula folgte ihr in das Schlafzimmer nebenan.

Tom Westlake war wach, aber in schlechter Verfassung. Er versuchte es mit einem Grinsen zu verstecken, aber das misslang ihm gründlich. Ursula lehnte sich gegen den Türrahmen, während sie ihrer Schwester dabei zusah, wie sie sich ihrem Patienten widmete. Anna zeigte ihrem Patienten ein aufmunterndes Lächeln, aber Ursula kannte sie gut genug, um unterschwellige Sorge zu bemerken. Sie war sich allerdings nicht sicher, ob Anna sich um die Gesundheit ihres Patienten sorgte oder um ihre eigene Sicherheit.

„Das muss genäht werden", sagte sie, nachdem sie die Wunden untersucht hatte.

Ein sehr blasser Mann zuckte trotz seiner Anstrengungen, ein tapferes Gesicht aufzusetzen, zusammen.

Dann wandte Anna sich an ihre Schwester: „Ursula, kannst du mir bitte meine Tasche bringen?"

Ursula eilte ins andere Zimmer und brachte die Tasche, in der Anna ihre Utensilien zur Ersten Hilfe aufbewahrte.

„Du brauchst mich hier nicht, oder?", fragte sie mit leiser Stimme.

Anna kannte die Abscheu ihrer Schwester vor Blut und sagte: „Ich denke nicht. Ich habe lieber nur einen Patienten."

„Danke", sagte Ursula und schnappte sich Westlakes schmutzige Hose, um sie zu waschen und auszubessern. Er würde etwas zum Anziehen brauchen, wenn er das Bett verließ. Allein der Gedanke, ihn noch mal in seiner Unterwäsche zu sehen, verursachte ein seltsames Gefühl in ihrem Magen. Seine ausgemergelten Beine deuteten noch immer die starken Muskeln an, die er vor der Verhaftung besessen haben musste. Ein weiteres Kribbeln in ihrer Magengrube. Seiner Akte nach war er vor mehr als sechs Monaten gefangen genommen worden und hatte etliche Zeit im Gewahrsam der Gestapo verbracht.

Ursula zwang sich, nicht an die Dinge, die sie gehört und gesehen hatte, zu denken. Gefangene, die aus der Prinz-Albrecht-Straße kamen, waren selten in guter Verfassung.

Gerade als sie mit dem Ausbessern der Hose fertig wurde, kam Anna aus dem Schlafzimmer. „Alles erledigt. Eins muss man ihm lassen, er war sehr tapfer, dein Engländer."

„Er ist nicht *mein* Engländer", protestierte Ursula.

„Wie du meinst. Er hat kaum einen Laut von sich gegeben, als ich ihn genäht habe. Ich habe ihm auch Wadenwickel gegen das Fieber gemacht und ihm Mutters Baldriantropfen gegeben, damit er schläft. Übrigens, er sagte, er habe Hunger, was ein gutes Zeichen ist."

„Danke, Anna. Ich werde ihm etwas zu essen bringen", sagte Ursula.

„Dank mir, wenn er weg ist und wir wieder in Sicherheit sind. Ich werde jetzt schlafen gehen."

KAPITEL 10

Als Ursula am Gefängnistor ankam, wies der Wachmann Müller sie an, direkt in die Haupthalle zu gehen.

„Befehl des Direktors", fügte er hinzu.

„Danke, Herr Müller", sagte sie, während panisches Grausen durch ihren Körper jagte. Sicherlich konnte der Direktor nicht wissen, was sie getan hatte, oder? Ursula schlich zur Halle und kroch mit jedem Schritt langsamer ihrem Ziel entgegen, sicher, dass sie dort ihr endgültiger Untergang erwartete.

Aber als sie die Halle erreichte, waren bereits alle diensthabenden Wachen versammelt. Eine Welle der Erleichterung überkam sie. Einige Minuten später betrat der Gefängnisdirektor den Raum und das Gemurmel ebbte ab.

„Meine sehr geehrten Damen und Herren, Sie fragen sich vielleicht, warum ich Sie heute hier versammelt habe. Ich befürchte, es sind keine guten Nachrichten." Der Direktor ließ seinen Blick über die Menge wandern.

Ursula bemerkte eine ungewöhnliche Müdigkeit in seiner Stimme. Die letzten Tage mussten auch ihm zugesetzt haben. Er war ihr immer als ein anständiger Mann erschienen und auf eine gewisse Weise hatte er es vollbracht, Plötzensee zu einem angenehmen Ort zu machen – verglichen mit den anderen Gefängnissen, in denen sie gearbeitet hatte.

„Wir haben Nachricht von unserem Führer erhalten", fuhr der Direktor mit seiner dröhnenden Stimme fort. „Er macht uns wegen der Zerstörung, die durch die Bomben des Feindes verursacht wurde, sowie für das Entkommen der vier Häftlinge nicht verantwortlich." Ein Aufatmen ging durch die Reihen. „Dennoch ist er sehr ungehalten über den langsamen Fortschritt bei der Bearbeitung der Gnadengesuche. Das Justizministerium ist nun entschlossen, die Hinrichtungen zu beschleunigen. Über alle anhängigen Gnadengesuche wird in den nächsten Tagen entschieden werden." Der Direktor hielt inne und der Ausdruck auf seinem Gesicht ließ keinen Zweifel über das zu erwartende Ergebnis dieser Entscheidungen.

„Wie die meisten von Ihnen wissen, wurden der Hinrichtungsraum und die Guillotine während des heimtückischen Bombenangriffs schwer beschädigt, was bedeutet, dass eine Alternative gefunden werden muss. Ich werde Sie auf dem Laufenden halten. Und ..." Der Direktor zögerte und ließ seine Augen abermals über die Menge wandern. „Ich muss Ihnen nicht sagen, wie wichtig es ist, die Häftlinge darüber in Unkenntnis zu lassen. Die Situation ist gravierend genug, wir brauchen keine zusätzliche Nervosität. Heil Hitler!"

Jeder im Publikum hob den rechten Arm zum Gruß, bevor sie in Grüppchen darüber spekulierten, was nun kommen möge. Ursula bemerkte Pfarrer Bernau, der mit einem ernsten Gesichtsausdruck in der Nähe der Tür stand.

„Guten Morgen, Herr Pfarrer", grüßte sie ihn.

„Guten Morgen, mein Kind", seufzte er. Die Ankündigung hatte ihn sichtlich erschüttert.

„Ich wünschte, es gäbe eine Möglichkeit, zu helfen. Das fühlt sich so falsch an", murmelte Ursula mehr zu sich selbst.

„Leider gibt es keinen Weg, den armen Seelen hier drinnen zu helfen. Alles, was wir tun können, ist, unsere Hand auszustrecken und denjenigen behilflich zu sein, die noch in Freiheit leben." Pfarrer Bernau sah ihr eindringlich in die Augen. „Es ist unsere Pflicht, den Unschuldigen beizustehen."

Hat er mich tatsächlich aufgefordert, der Obrigkeit Widerstand zu leisten? Sicherlich nicht. Aber dann erinnerte sich Ursula an das Gespräch der beiden Insassen über die politischen Ansichten des Priesters.

Während ihrer gesamten Schicht grübelte sie über Pfarrer Bernaus Worte nach und darüber, ob es richtig gewesen war, Oberleutnant Westlake zu verstecken. In Anbetracht der neuen Entwicklungen wäre er in ein paar Tagen tot gewesen.

Die Verantwortung lag schwer auf ihren Schultern.

Nach ihrer Schicht kehrte sie nach Hause zurück und stieß auf Frau Weber.

„Guten Abend, Fräulein Ursula", grüßte ihre Nachbarin und schlüpfte schnell in den Hausflur.

„Guten Abend, Frau Weber." Ursula stöhnte innerlich auf. *Was will sie jetzt schon wieder?*

„Ist Ihr Vater auf Heimaturlaub?"

Ursulas Finger verkrampften sich um den Griff ihrer Handtasche, während sie versuchte, gelassen dreinzublicken. „Nein, Frau Weber, unglücklicherweise nicht. Wir haben seit einiger Zeit nichts mehr von ihm gehört."

„Seltsam. Ich hätte schwören können, dass ich eine Männerstimme in ihrer Wohnung gehört habe", beharrte die Nachbarin.

„Ein Mann? Bei uns? Da müssen Sie sich geirrt haben, Frau Weber. Wir sind ehrbare Frauen." Sie sah ihre Nachbarin empört an und wandte sich ab, um die Wohnungstür mit zitternden Händen aufzuschließen. *Diese Frau bringt mich noch ins Grab.* Sie nahm sich vor, Oberleutnant Westlake zu warnen, er solle noch vorsichtiger sein und nicht das leiseste Geräusch machen, wenn er allein in der Wohnung war.

Sie lugte in sein Zimmer und fand ihn schlafend vor. Letzte Nacht hatte er sich herumgewälzt und im Fieberwahn gesprochen, aber jetzt sah er ruhig und friedlich aus. Sein Gesicht hatte den bubenhaften Charme und sein schelmenhaftes Lächeln nicht verloren …

Hör auf damit.

Ursula machte auf dem Absatz kehrt und konzentrierte sich darauf, das Abendessen zuzubereiten. Sie plünderte die Speisekammer und zündete den Gasofen an. Dann ließ sie einen Klecks Margarine in eine heiße gusseiserne Pfanne fallen. Die Margarine tanzte in der Pfanne, zischte und brutzelte, als sie schmolz, während Ursula die gekochten Kartoffeln vom Vortag in Scheiben schnitt und in die Pfanne warf. Als diese golden anbrieten, erfüllte ein köstliches Aroma die Küche. Sie fügte Schinkenstückchen hinzu – ein Geschenk von Tante Lydia – und Mutters Gewürzmischung für Bratkartoffeln.

Einige Minuten später türmte sie eine große Portion auf einen Teller und betrat mit einem Essenstablett in den Händen Oberleutnant Westlakes Schlafzimmer. Er blinzelte und schnupperte. Als er die Augen öffnete, begrüßte er sie mit einem sehnsuchtsvollen Blick.

„Guten Abend, wie fühlen Sie sich?", fragte sie schüchtern.

„Viel besser. Ihre Schwester ist wirklich eine ausgezeichnete Krankenschwester. Mein Fieber ist gesunken." Er strahlte sie an. Als sie nicht antwortete, fügte er hinzu: „Ich kann Ihnen beiden niemals genug für das danken, was Sie für mich getan haben."

Eine peinliche Stille entstand. Sein englischer Akzent erinnerte sie daran, dass er der Feind in diesem brutalen Krieg war. Dem Feind zu helfen wurde drakonisch bestraft. Aber andererseits erwärmte sein charmantes Lächeln ihr Herz.

„Ist das Essen für mich?", brach er das Schweigen und leckte sich mit der Zunge über seine vollen Lippen.

Sie nickte. „Ich habe Bratkartoffeln mit Speck gemacht. Haben Sie Hunger, Herr Westlake?"

„Bärenhunger. Es riecht köstlich." Tom zuckte zusammen, als er sich aufsetzte.

„Warten Sie, ich helfe Ihnen." Ursula stellte das Tablett auf dem Nachttisch ab und stopfte ein Kissen hinter seinen Rücken. Als sie seine Schultern berührte, schoss ein verwirrendes Prickeln durch ihren Körper. Er nahm ihre Hand und seine grünen Augen schimmerten sanft, als er sie aufforderte: „Bitte setzen Sie sich doch, Frau Hermann, dann können wir uns unterhalten."

Ursula nickte und setzte sich auf die Bettkante, peinlichst darauf bedacht, ihn nicht noch einmal zu berühren, als sie ihm das Tablett mit dem Essen reichte.

„Das Sprechen … Sie müssen vorsichtiger sein." Sie wrang ihre Hände und wagte nicht, ihn anzusehen, während er sein Essen hinunterschlang. „Meine Nachbarin sagte, sie hätte Geräusche von hier drinnen gehört und eine Männerstimme."

Seine Augen weiteten sich und er sah sogleich zerknirscht aus. „Es tut mir leid. Ich möchte Sie nicht in Schwierigkeiten bringen. Ich werde heute Nacht verschwinden."

Ursula wandte den Kopf, um ihn anzusehen. Plötzliche Sorge um ihn brach ihr beinahe das Herz. „Nein, das können Sie nicht tun. Mit Ihrem verletzten Bein und Ihrer Gefängnisuniform werden Sie nicht weit kommen."

„Aber hier bin ich eine Gefahr für Sie und Ihre Schwester."

Ursula vergrub das Gesicht in ihren Händen. „Ich weiß … aber … ich kann nicht für Ihren Tod verantwortlich sein. Im Gefängnis …" Tränen rannen ihre Wangen herunter und ihr Atem ging stoßweise. „… sie … alle … es ist so schrecklich …"

„Schhh." Sie fühlte seine Hand auf ihrer Schulter, als seine tiefe Stimme sie zu beruhigen versuchte. „Alles wird gut …"

„Nichts wird gut!" Sie sprang auf, nur um wieder aufs Bett zu fallen, die Hand auf den Mund gepresst. Dann atmete sie ein paar Mal tief durch und wisperte: „Hitler hat sich über die langsame Abwicklung der Gnadengesuche beschwert. Sie werden jeden mit einem Todesurteil innerhalb der nächsten Tage hinrichten."

Ihre Worte nahmen ihn sichtlich mit. „Ich wünschte, ich könnte die Zeit zurückdrehen und verhindern, dass dieser schreckliche Krieg jemals ausbricht."

„Das wäre schön." Trotz ihrer Aufgewühltheit musste Ursula lächeln. Es war absurd, aber irgendwie gab ihr seine Anwesenheit ein Gefühl der Sicherheit – und der Verwegenheit. Sie, die Frau, die noch niemals in ihrem Leben über die Stränge geschlagen hatte, empfand plötzlich das Bedürfnis, der Welt zu zeigen, wie stark sie wirklich war.

Er leerte seinen Teller und stürzte ein Glas Wasser hinunter. „Das war die beste Mahlzeit, die ich seit Monaten gegessen habe. Bin ich womöglich schon gestorben und Sie sind in Wirklichkeit ein Engel, Frau Hermann?"

Ursula kicherte. „Nein. Sie sind noch immer quicklebendig, Herr Westlake, und ich bin auch kein Engel." Die unbeabsichtigte Zweideutigkeit trieb ihr die Röte ins Gesicht und sie plapperte beschämt drauflos. „Bitte, jeder nennt mich Ursula."

„Ursula, freut mich." Seine Lippen zuckten und er zeigte ihr sein schelmisches Grinsen, was nur dazu beitrug, dass sie noch mehr errötete. „Ich denke, es wäre nur gerecht, wenn Sie mich Tom nennen. Schließlich haben Sie mich bereits in meiner Unterwäsche gesehen." Das Funkeln in seinen Augen zeigte an, dass er ihre Verlegenheit in vollen Zügen genoss.

„Herr Westlake – ich meine Tom." Ursula hielt inne, nicht sicher, wie sie fortfahren sollte. „Darf ich Sie etwas fragen?"

„Sicher. Deswegen sitzen Sie doch hier, um zu reden." Sein Grinsen wurde breiter.

„Ich, ähm, habe ihre Akte gelesen, in der Nacht, in der sie geflüchtet sind. Alle Wachen mussten …" Sie verstummte, unsicher, wie sie den Satz beenden sollte.

„Und jetzt möchten Sie gerne wissen, ob ich wirklich ein Spion bin?"

Hitze brannte auf ihren Wangen und verfärbte sie ohne Zweifel dunkelrot.

Tom jedoch lachte laut auf. „Gott, mit einem Akzent wie dem meinen wäre Hitler verrückt, mich nicht sofort an Ort und Stelle zu erschießen.“ Er wurde wieder nüchtern und sah eine verlegene Ursula aufmunternd an. „Ich bin kein Spion. Ich kann jedoch nicht verleugnen, dass ich Brite bin.“

Ursula strich ihre blonden Locken hinter die Ohren, unsicher, ob sein Geständnis gut oder schlecht war. Was für einen Unterschied machte es, ob er ein Spion oder ein einfacher Flieger war? War es nicht sogar schlimmer, wenn er einer der verhassten Piloten war, die Bomben auf ihr Land warfen? Diese ganzen widersprüchlichen Gedanken verursachten ihr Kopfschmerzen.

„Also, was ist passiert? Wie sind Sie mit der Todesstrafe nach Plötzensee gekommen?“, fragte sie neugierig.

„Ich bin ein Mitglied der RAF, der britischen Luftwaffe. Während eines Einsatzes über Deutschland wurde mein Flugzeug abgeschossen. Mir gelang es, mit dem Fallschirm abzuspringen. Am Boden wurde ich dann von der Polizei festgenommen.“

Eine eisige Hand ergriff Ursulas Herz. Wie viele Male hatte sie gejubelt, wenn die Fliegerabwehr ein feindliches Flugzeug getroffen und es trudelnd zu Boden geschickt hatte? Sie hatte die Besatzung nie als menschliche Wesen betrachtet. Männer wie Tom. Junge Männer, die ihr gesamtes Leben noch vor sich hatten. Hoffnungen und Träume. Die Familie und Freunde hatten, die um sie trauern würden. Wie ihr Andreas.

Tränen formten sich in ihren Augen, als sie der unentrinnbaren Härte des Krieges gewahr wurde. Das waren keine fröhlichen Soldaten, die begeistert für ihr Vaterland kämpften, wie die Propaganda einem weismachen wollte. Nein, das waren verängstigte junge Männer, die alles taten, um zu überleben – selbst wenn das hieß, einen anderen Menschen zu töten.

„Der Krieg macht aus sonst anständigen Männern Mörder", murmelte sie, mehr zu sich selbst als zu Tom, aber der schmerzvolle Ausdruck auf seinem Gesicht sagte ihr, dass er sein Maß an Dingen getan hatte, auf die er nicht stolz war.

„Du hast recht. Der Krieg ist eine hässliche Angelegenheit", duzte er sie. „Du solltest mich eigentlich hassen, statt mir zu helfen. Aber sei dir sicher … Ich werde für immer in deiner Schuld stehen, denn du hast mir das Leben gerettet …" Seine Stimme verstummte, als sich ihre Blicke fingen. Sie konnte dieselbe Verwirrung in seinen Augen sehen, die auch in ihrem Inneren herrschte.

Seine Worte hatten eine ungewöhnlich vertraute Atmosphäre zwischen zwei Fremden geschaffen und Ursula beeilte sich, sich von ihm zu verabschieden. Ihr Gesicht brannte noch immer lichterloh.

Sie hatte kaum die Schlafzimmertüre hinter sich geschlossen, als Anna wie ein Geist erschien und Ursula zur Seite sprang.

„Du hast mich erschreckt", keuchte sie.

„Entschuldige. Wie geht es ihm?", fragte Anna mit einem Nicken zur geschlossenen Tür.

„Viel besser. Er hat angeboten, heute Nacht zu verschwinden, aber ich habe ihm gesagt, er solle sich noch ausruhen und zumindest noch einen weiteren Tag genesen", antwortete Ursula.

„Er kann nicht hierbleiben, Ursula. Es ist nicht sicher. Nicht für ihn und nicht für uns. Je eher er geht, umso besser."

Ursula wrang ihre Hände, wohl wissend, dass ihre Schwester die Wahrheit sprach. „Ich weiß, dass wir ihn nicht für lange verstecken können. Frau Weber hat bereits Verdacht geschöpft. Er muss nicht nur dieses Haus, sondern auch das Land verlassen." Ursula seufzte. Sie hatte von diesen Dingen keinen blassen Schimmer, aber war sich sicher, dass ein feindlicher Pilot, der wegen Spionage zum Tode verurteilt war, nicht einfach über die Grenze in Sicherheit spazieren konnte.

Anna umarmte ihre Schwester. „Schlaf eine Nacht drüber. Wir werden uns morgen etwas überlegen. Ich muss jetzt zu meiner Nachtschicht."

„Pass auf dich auf", rief Ursula ihrer Schwester nach, bevor sie zu Bett ging.

KAPITEL 11

Am nächsten Morgen fühlte sich Ursula wie gerädert. Ihre Träume waren voller Bilder von Hinrichtungen gewesen. Sie verließ ihr Haus in den frühen Morgenstunden, nachdem sie Tom noch einmal gewarnt hatte, absolut still zu sein, wenn weder sie noch Anna zu Hause waren. Glücklicherweise schlief Frau Weber von nebenan noch und Ursula erreichte die Straße ohne eine weitere Inquisition durch ihre Nachbarin.

Im Gefängnis war das Leben – oder vielmehr der Tod – weitergegangen. Ursula fand eine erheblich geschrumpfte Menge an verzweifelten Gefangenen vor, die versuchten, die schrecklichen Geschehnisse der Nacht zu verdrängen. Sie blickte in erschöpfte Gesichter voller Entsetzen, Trauer und Resignation.

Sogar ihre Kollegen von der Nachtschicht standen auf wackligen Beinen und beeilten sich, wieder in ihre Zivilkleidung zu wechseln, als ob sie dadurch von ihren quälenden Erinnerungen erlöst würden. Die Stille, nur unterbrochen von unfreiwilligem Stöhnen und gedämpftem Flüstern, war bestürzend. Niemand war in der Lage, einem anderen in die Augen zu blicken, und jeder bemühte sich, Abstand zwischen sich und die unheimlichen Schatten, die über Plötzensee schwebten, zu bringen.

Ursula wagte nicht, nachzufragen.

Die Ausmaße dessen, was passiert war, verstand sie erst, als sie Pfarrer Bernau begegnete. Der warme Schimmer in den Augen des Priesters war verschwunden und seine Mundwinkel hingen herab, als er sich ihr mit hängenden Schultern näherte.

„Die Massenhinrichtungen haben begonnen", stöhnte er. Die vollkommene Trostlosigkeit in seinen Augen ließ Ursula erschaudern.

„O Gott. Hier? Wie?" Ursula konnte nicht vollständig begreifen, was der Priester gesagt hatte. Sie wollte es eigentlich auch gar nicht so genau wissen, hätte es sogar vorgezogen, in seliger Unkenntnis zu bleiben, aber die Worte stolperten aus ihrem Mund, bevor sie es verhindern konnte. „Was ist passiert?"

„Es war furchtbar. Alle Häftlinge wurden im Hof versammelt. Während der Nacht wurde Reihe um Reihe in die Hinrichtungskammer gerufen, in Gruppen von acht Männern, um sie zu … hängen."

„Hängen?" Ursulas Hand flog an ihren Hals. Hängen war langsam und schmerzhaft. Es war eine Todesart aus dem Mittelalter, die verwendet wurde, um den Todeskandidaten und seine Familie zu entehren.

„Ja, sie konnten die Guillotine nicht rechtzeitig reparieren und wählten den Tod durch den Strang als Hinrichtungsart. Mein Kollege und ich hatten alle Hände voll zu tun und konnten doch nicht mehr machen, als ein kurzes Gebet für jede der armen Seelen zu sprechen. Möge Gott der Menschheit vergeben." Pfarrer Bernau schwankte und sah sie aus blutunterlaufenen Augen an. „Einhundertsechsundachtzig Häftlinge wurden letzte Nacht getötet. Und es wird heute Abend weitergehen."

Ursula wurde schwindelig und sie musste sich gegen eine Wand lehnen, um das Gleichgewicht zu halten. Es gab nichts, was sie tun oder sagen konnte, deshalb schüttelte sie nur den Kopf ob der Gräueltaten, die dieser Krieg für jeden bereithielt.

Der Priester ging ohne ein weiteres Wort und Ursula taumelte zum Frauenflügel. Sie absolvierte ihre Runden in Stille. Die meisten Frauen verschliefen den Tag, nachdem sie die ganze Nacht auf gewesen waren.

Eine unheimliche Anspannung hatte sich über Plötzensee gelegt, der niemand entfliehen konnte. Ursula wünschte, ihre Schicht wäre zu Ende, damit sie diesen grauenvollen Ort verlassen konnte, aber gleichzeitig wünschte sie, ihre Schicht würde niemals enden – denn wenn die Nacht hereinbrach, würde das Töten weitergehen.

Auf ihrer letzten Runde an diesem Tag verteilte sie die vergleichsweise üppigen Rationen an die verbliebenen Gefangenen, unfähig, ihr übliches Lächeln zu zeigen. Aber wen kümmerte schon ein Lächeln an so einem Tag wie diesem?

Die letzte Zelle auf dem Gang gehörte zwei Frauen, deren Ehemänner als Verräter hingerichtet worden waren. Als sie sich ihnen näherte, überhörte sie deren Gespräch.

„Kannst du das glauben? Er tat das schon, noch bevor der Krieg begann."

„Ich wusste immer, dass Pfarrer Bernau etwas Besonderes ist. Er ist wirklich ein bemerkenswerter Mann."

Ursula spitzte die Ohren.

„Es ist unglaublich, nicht? Unter den Augen der Nazis versteckt er Juden und schmuggelt sie aus dem Land."

„Ich wünschte, er könnte auch uns aus diesem höllischen Ort schmuggeln."

„Sei nicht albern. Dies ist eines der bestbewachten Gefängnisse, es gibt keine Möglichkeit, wie wir hier rauskommen."

„Nun, vier haben es geschafft."

„Sicher, aber die werden sie früh genug finden. Niemand versteckt sich ohne Hilfe in Berlin. Und wer würde unseren Feinden helfen wollen?"

Ursula hörte auf zu atmen. Alles in ihrem Kopf drehte sich. Pfarrer Bernau versteckte Juden? Was, wenn … nein … oder doch? Eine Million Gedanken rasten durch ihren Kopf und ihre Aufregung stieg mit jeder Minute an.

Sie beendete ihre Schicht, wechselte in Zivilkleidung und nahm dann die Elektrische zum Krankenhaus, in dem Anna arbeitete.

Ursula hasste Krankenhäuser. Der charakteristische Geruch verursachte bei ihr immer eine Gänsehaut. Aber in ihrer Eile, Anna ihre Eingebung mitzuteilen, bemerkte sie das kaum. Sie sprintete durch das Gebäude zu Annas Station, wobei sie die missbilligenden Blicke von mehr als einer Krankenschwester auf sich zog. An der Glastür hielt sie an und winkte ihrer überraschten Schwester wild mit den Armen zu.

„Was zur Hölle machst du hier? Ist etwas passiert mit …?", fragte Anna mit leiser Stimme.

„Ich habe die Lösung gefunden!", rief Ursula und zog damit alle Aufmerksamkeit auf sie beide.

„Warte hier", befahl Anna und ging, um mit ihrem Vorgesetzten zu sprechen. Als sie zurückkehrte, sagte sie: „Ich habe fünf Minuten. Los." Sie führte ihre Schwester in einen Pausenraum und schloss die Tür. „Nun sag schon. Aber rede leise."

„Ich weiß, wie wir Tom retten können. Der Priester im Gefängnis …" Ursula machte eine Pause, sah sich nervös um und senkte ihre Stimme zu einem kaum hörbaren Flüstern. „Er schmuggelt seit Jahren Juden aus dem Land."

„Bist du sicher?" Trotz Annas Versuch, ihre Stimme leise zu halten, schien sie von den Wänden des winzigen Raums widerzuhallen.

„So ziemlich, ja."

„Aber wer sagt, dass dieser Priester uns helfen wird? Schließlich ist dein Engländer kein Jude. Er ist der Feind." Anna legte die Stirn in Falten.

„Es ist einen Versuch wert. Es ist vielleicht unsere einzige Möglichkeit, ihn außer Landes zu schaffen", flüsterte Ursula.

„Dann frag ihn." Anna umarmte ihre Schwester und für einen winzigen Moment lang war Ursula sicher, alles würde gutgehen.

„Werd ich. Bis heute Abend."

Die beiden Schwestern verließen den Pausenraum und Anna begleitete sie zur Eingangstür des Krankenhauses.

„Ich liebe dich." Ursula küsste ihre Schwester auf die Wange. „Und ich werde niemals vergessen, was du getan hast."

„Du bist vorsichtig, ja?"

Ursula nickte und spürte, wie unter dem eindringlichen Blick ihrer jüngeren Schwester eine Röte in ihre Wangen aufstieg. Sie wusste, was Anna dachte. Sie war genauso beunruhigt. Tom hatte begonnen, ihre Gedanken einzunehmen, und was sie fühlte, war weit mehr als nur Sorge oder Mitgefühl. Sein schwarzer Humor brachte sie zum Lachen. Seine Anwesenheit gab ihr ein Gefühl von Sicherheit. Sein charmantes Lächeln verwandelte ihr Inneres zu Pudding. Und der fröhliche Klang seiner Stimme, wenn er sie neckte, brachte unschickliche Stellen zum Prickeln.

Es beruhte auf Gegenseitigkeit – wie er sie ansah, wenn er sich unbeobachtet fühlte, der heitere Ausdruck auf seinem Gesicht, jedes Mal, wenn sie nach Hause zurückkehrte.

„Ich bin nicht blind, musst du wissen", sagte Anna.

„Wovon sprichst du?"

„Du magst ihn. Den Engländer."

„Was? Nein, ich …"

„Es ist sinnlos zu leugnen, Schwesterherz. Ein Teil von mir versteht es sogar. Er sieht gut aus, hat Manieren und bringt dich zum Lachen. Du hast in diesem Jahr noch nicht viel zu lachen gehabt. Aber er ist und bleibt der Feind. Es gibt für euch beide keine Zukunft. Er wird in diesem Land niemals sicher sein und du wärst in seinem nicht willkommen."

„Aber Anna …"

„Kein aber, du musst vernünftig sein." Anna lachte kurz auf. „Kannst du glauben, dass ich dir das sage? Unser ganzes Leben war es immer andersherum." Anna legte die Arme um ihre Schwester. „Ich mache mir Sorgen um dich. Versprich mir, dass du dich nicht zu sehr in ihn verguckst?"

„Ich verspreche es." Es war eine Lüge. Sie mochte Tom bereits viel mehr, als es für jeden Beteiligten gut war.

KAPITEL 12

Am nächsten Tag ging Ursula zu Pfarrer Bernau in seine Pfarrei. Sie dachte noch immer über ihr gestriges Gespräch mit Anna nach. So sehr sie sich einreden wollte, dass Annas Warnungen an den Haaren herbeigezogen waren, wusste sie es doch besser. Ihre – absolut unschicklichen – Gefühle für Tom wurden stärker, was sie in eine brenzlige Lage brachte. Nicht nur weil er ein entflohener Häftling war, sondern auch aus Pflichtgefühl gegenüber Andreas, der noch nicht einmal seit drei Monaten tot war. Sie betrog so viele Menschen auf so vielfältige Weise und alles wegen der Gefühle, die sie für Tom empfand.

Die kleine Kirche war ein verhältnismäßig neuer und schmuckloser Bau, anders als die prunkvolle Berliner Kathedrale, die an die glorreichen Epochen des fünfzehnten und sechzehnten Jahrhunderts erinnerte.

Die schlichten, transparenten Fenster im Altarraum – wahrscheinlich ein Ersatz für kaputte Buntglasfenster – ließen jede Menge Sonnenlicht in die Kirche. Aber trotz der Helligkeit und des warmen Wetters draußen schlang sie ihren Schal enger um ihre Schultern.

Abgesehen von zwei älteren Frauen, die in der ersten Bank beteten, war die Kirche menschenleer. Ursula sah sich um und versuchte, Pfarrer Bernau zu finden. Er mochte ebenso gut nicht hier sein. Sie hätte vielleicht doch besser im Gefängnis auf ihn warten sollen, war aber zu vorsichtig, eine solch heikle Angelegenheit an ihrem Arbeitsplatz zu besprechen.

Ein Schild am Eingang zur Sakristei besagte, dass er gerade die Beichte abnahm. Ursula wandte sich um und bemerkte einen Beichtstuhl auf der linken Seite des Kirchenschiffs. Sie griff ihren Schal fester und ging hinüber zu der hölzernen Kabine. Sobald eine ältere Dame den Platz der Büßenden mit einem Rosenkranz in den Händen verließ, schlüpfte Ursula hinein und kniete sich nieder. Der Puls pochte in ihren Ohren.

„Vergib mir, Vater, denn ich habe gesündigt", sagte sie mit zittriger Stimme.

„Hab keine Angst zu beichten. Gott vergibt denen, die Buße tun." Ursula erkannte Pfarrer Bernaus warme und fürsorgliche Stimme. Sie faltete ihre Hände. Das Unterfangen war entnervender, als sie geglaubt hatte. „Bitte fahre fort, mein Kind."

„Ich habe einen Mann gefunden, der von der Obrigkeit gesucht wird", flüsterte Ursula. „Er war verletzt und ich konnte ihn nicht sterben lassen, also versteckte ich ihn bei mir zu Hause. Nur fürchte ich jetzt, dass es jemand herausfindet und dass ich dafür bestraft werde. Ich muss einen Weg finden, um ihn in Sicherheit zu bringen."

Eine geschockte Stille breitete sich aus und es dauerte lange Sekunden, bis der Priester endlich antwortete. Ursula knetete derweil ihre schweißnassen Hände. „Das ist eine sehr ungewöhnliche Sünde. Darf ich Ihren Namen wissen, bitte?"

„Ähm, er ist Hermann. Ursula Hermann." Ihre Füße wollten weglaufen, aber sie zwang sich, weiter im Beichtstuhl knien zu bleiben.

„Ja, das dachte ich mir bereits." Die Sekunden zogen sich hin, ohne dass man das leiseste Geräusch hören konnte. Ursula krallte ihre Hände in den hölzernen Sims unter dem Fenster des Beichtstuhls, als ob ihr Leben davon abhinge. Der Priester fragte: „Kann ich Ihnen vertrauen?"

Was für eine Frage. Hier war sie und beichtete eine der Todsünden aus dem Parteibuch, und er fragte, ob *sie* vertrauenswürdig war?

„Ja, sicherlich!", antwortete Ursula, nachdrücklich nickend.

„Ich wäre daran interessiert, diesen Mann zu treffen. Aber das muss sehr diskret geschehen, verstehen Sie?"

Ursula nickte, bevor ihr einfiel, dass er sie nicht sehen konnte. „Ja."

Sie gab ihm ihre Adresse und er versprach, am Abend vorbeizukommen, um weitere Details zu besprechen. Ursula verbrachte den Arbeitstag zwischen Hoffnung, Terror und Nervosität schwankend. Nach ihrer Schicht eilte sie zurück nach Hause und erreichte das Gebäude zur selben Zeit wie der Priester.

Seite an Seite stiegen sie hoch in den dritten Stock und sprachen dabei über das Wetter sowie die Schwierigkeiten, genügend Lebensmittel zu kaufen. Als Ursula die Wohnungstür aufschloss, hörte sie das bekannte Klicken von Frau Webers Türspion und Sekunden später öffnete sich die Tür ihrer Nachbarin.

„Guten Abend, Fräulein Ursula", grüßte die plumpe Frau an der Schwelle zum Greisenalter, während sie den Priester schamlos beäugte. „Wer kommt denn zu Besuch?"

„Ich bin Pfarrer Bernau", antwortete er und ersparte es Ursula, selbst zu antworten. „Ich bin hier, um die Details für die Trauerfeier für Frau Hermanns verstorbenen Ehemann zu besprechen."

„Wirklich? Er ist schon so lange tot", sagte Frau Weber, offensichtlich nicht überzeugt.

„Frau ..." Pfarrer Bernau suchte das Türschild nach einem

Namen ab. „Weber. Es gibt keine festgelegte Zeit, um zu trauern. Jeder trauert auf seine Weise."

„Es ist nur, dass seltsame Dinge hinter dieser Tür vorgehen. Ich hätte schwören können, dass ich gestern eine Männerstimme gehört habe." Das Misstrauen in Frau Webers Stimme jagte Schauer über Ursulas Rücken.

„Ich danke Ihnen, dass Sie so aufmerksam sind, Frau Weber, aber ich bin sicher, es gibt keinen Grund zur Sorge." Er wandte sich an Ursula. „Oder, Frau Hermann?"

Sie hob ihr Kinn. „Nein. Meine Schwester und ich sind ehrbare Frauen, wir würden niemals einen Mann bei uns beherbergen." Die Lüge kam ihr so natürlich über die Lippen, dass sie selbst überrascht war.

Die Nachbarin warf ihr einen zweifelnden Blick zu, kehrte aber in ihre eigene Wohnung zurück und verschloss die Tür.

Ursula klimperte, wie es schien, für Stunden mit ihren Schlüsseln, bevor sie es endlich schaffte, den Schlüssel ins Schlüsselloch zu stecken. Pfarrer Bernau folgte ihr in die Wohnung und sie klopfte an Toms Tür.

„Herein", sagte eine leise Stimme. Tom saß an dem kleinen Schreibtisch und sah von dem Brief, an dem er gerade schrieb, mit seinem üblichen erfreuten Ausdruck auf. Aber das charmante Lächeln verschwand in dem Moment, als er den Mann hinter Ursula erblickte. Innerhalb von Sekundenbruchteilen verwandelte er sich von einem freundlichen Mann in ein gefährliches Raubtier.

Ursula gefiel diese Charaktereigenschaft, denn es zeigte, dass er in der Lage war, stets die Kontrolle über eine Situation zu behalten. Ein warmes Gefühl floss durch ihren Körper. Es war bereits so lange her, seit sie sich an jemanden hatte anlehnen können. Seit etwas mehr als acht Monaten waren sie und Anna auf sich allein gestellt.

„Es ist alles in Ordnung", beschwichtigte sie ihn und trat zur

Seite, damit der Priester eintreten konnte. „Das ist Pfarrer Bernau."

Toms Gesicht zeigte eine Vielzahl von Gefühlen. Schock. Unglaube. Erleichterung. Freude.

Pfarrer Bernaus Gesicht spiegelte dieselben Emotionen. Dann trat er vor und streckte seine Hand aus. „Sind Sie nicht der englische Flieger, der der Spionage bezichtigt wurde?"

„Ja. Oberleutnant Tom Westlake. Ich bin Ihnen zu Dank verpflichtet. Unser Gespräch damals im Gefängnis gab mir neue Kraft und Hoffnung. Obwohl ich dies hier niemals erwartet hätte …" Tom deutete mit einer Handbewegung auf das Zimmer und die anwesenden Personen.

„Ich auch nicht." Der Priester zeigte ein halbes Lächeln. „Es ist selten genug, dass ein Häftling entkommt, aber das? Gott muss große Pläne mit Ihnen haben."

Weder Tom noch Ursula waren besonders religiös und beide sahen betreten zu Boden.

„Pfarrer Bernau ist hier, weil er dir möglicherweise helfen kann." Ursula vermied weiterhin jeglichen Blickkontakt, während sie diese Worte sprach. Sie war so viele Jahre folgsam gewesen, hatte nie eine von den Nazis aufgestellte Regel gebrochen. Sie hatte niemals die Richtigkeit von Hitlers Taten in Frage gestellt und allein der Gedanke, gegen ihr Land zu agieren, drehte ihr den Magen um.

Ihre Glaubensgrundsätze waren erschüttert und sie sehnte sich nach moralischer Führung. Falls es *richtig* sein konnte, das Gesetz zu brechen, was war dann *falsch*? Wer entschied, was erlaubt war und was nicht? Wer war der Feind, wenn ihre eigene Regierung solche abscheulichen Verbrechen beging, wie es die Nazis taten?

Ursula wünschte, jemand, irgendjemand würde ihr sagen, was sie tun sollte. Aber als sie in die Augen von Tom und Pfarrer Bernau sah, erkannte sie, dass es allein ihre Entscheidung war, richtig von falsch zu unterscheiden. Es war irgendwie befreiend, aber auch unheimlich beängstigend.

„Ist das wahr?" Toms hoffnungsvolle Stimme stoppte ihr Gedankenkarussell. Sein Gesicht hellte sich auf und darin konnte sie seine Hoffnung und seinen Lebenswillen lesen. Er reckte seinen Unterkiefer nach vorne und sie bewunderte die felsenfeste Entschlossenheit, die er damit ausdrückte.

„Ich kann möglicherweise helfen, aber Ihr Fall ist anders als das, was ich gewohnt bin. Wir haben ein Netzwerk an Leuten aufgestellt, die bereit sind, deutsche Juden zu verstecken, bis wir einen Weg gefunden haben, sie außer Landes zu schaffen. Aber Sie ... Es gibt nicht viele, die einem Engländer helfen wollen. Jeder hat ein Familienmitglied oder einen Freund in diesem Krieg verloren und die Stimmung ist gereizt." Der Priester sah nachdrücklich auf die Verdunkelungsvorhänge. „Und ihre Landsmänner erinnern uns fast jede Nacht an die Folgen des Krieges."

„Ich verstehe." Tom fuhr sich mit der Hand durch das dunkle Haar. „Sie haben recht. Die Deutschen haben alles Recht der Welt, mich zu hassen. Ich liebe das Fliegen und ich bin stolz, ein Mitglied der Royal Air Force zu sein. Ich habe keine Minute gezögert, Soldat zu werden und für mein Land zu kämpfen. Obwohl ich sicherlich keinen Gefallen daran finde, Menschen zu töten ..." Er hörte auf zu reden und sein Blick wurde leer. Ursula glaubte eine Spur von Kummer – oder Reue? – zu sehen, aber es war sofort wieder vorbei. „Das ist der Krieg. Es gibt keine wirkliche Wahl. Wir konnten es nicht zulassen, dass Hitler über unser Land herfällt und unser Volk unterdrückt, wie er es bereits mit so vielen anderen getan hat."

Stille legte sich über den Raum, als jeder seinen eigenen Gedanken nachhing. Krieg war nun mal eine schmutzige Angelegenheit und niemand würde daraus ohne Narben hervorgehen. Nicht die Gewinner und ganz gewiss nicht die Verlierer.

Pfarrer Bernau brach als erster das Schweigen. „Ich werde

sehen, was ich machen kann. Es könnte einen Weg geben, Sie außer Landes zu schaffen, aber es gibt keine Garantien. Es wird ein gefährliches und anstrengendes Unterfangen. Sind Sie gewillt, das auf sich zu nehmen?“

Tom nickte. „Ich werde alles tun, um wieder zurück nach Hause zu kommen.“ Seine Augen verweilten einen Moment auf Ursula und sie fühlte, wie ihr die Röte ins Gesicht stieg. „Es ist in jedermanns Interesse, dass ich diesen Ort so schnell wie möglich verlasse.“

„Nicht so schnell, mein Sohn. Sie müssen ihre Füße stillhalten und sich noch ein paar Tage gedulden, bis ich mich um die Details gekümmert und falsche Papiere für Sie besorgt habe“, sagte Pfarrer Bernau und nahm eine Kamera aus seiner Tasche. „Sehen Sie in die Kamera und lächeln Sie nicht.“

Tom tat, wie ihm geheißen, und Minuten später verabschiedete sich der Priester.

Ursula begleitete ihn zur Tür. „Vielen Dank, Vater.“

„Kontaktieren Sie mich nicht, außer im Notfall und niemals im Gefängnis. Verstehen Sie?“

Ursula nickte.

„Und eine Sache noch: Ihre Nachbarin könnte zu einem Problem werden. Geben Sie ihr keinen Grund, misstrauisch zu sein.“

Ursula seufzte. Die neugierige Frau Weber hatte in den letzten paar Jahren mehr als nur ein Problem verursacht.

KAPITEL 13

Am nächsten Tag klingelte das Telefon und Ursula starrte das schwarze Gerät überrascht an. Es klingelte nur selten.

„Ursula Hermann", sprach sie in die Hörmuschel.

„Hier ist deine Mutter."

Ursula ließ den Hörer beinahe fallen. Mutter hatte, seit sie mit Lotte aufs Land gereist war, nicht ein einziges Mal angerufen. Sie sagte immer, die Kosten für ein Ferngespräch seien viel zu hoch und das Geld könnte besser anderswo ausgegeben werden. Was hatte sie umgestimmt?

„Alles in Ordnung, Mutter?", fragte Ursula. Sie legte den Finger an ihre Lippen, als sie Tom aus seinem Zimmer kommen sah.

„Es geht mir gut, danke. Wie geht es dir und Anna? Wir haben beunruhigende Nachrichten über den Engländer gehört …" Ursula fühlte, wie das Blut ihren Kopf verließ, und ließ den Hörer in den Schoß fallen. Mit einiger Mühe hob sie ihn wieder ans Ohr. „Ursula? Bist du noch da? Was war das für ein Lärm?"

„Entschuldige, Mutter, aber ich war ungeschickt und habe

den Hörer fallen gelassen“, antwortete Ursula, mangels einer besseren Erklärung.

Sie hörte ihre Mutter durchs Telefon seufzen. „Ich hoffe, du hast nichts kaputt gemacht. Aber das bestärkt mich in meiner Entscheidung.“

„Welche Entscheidung?“ Ursula hatte Schwierigkeiten, sich auf das Gespräch zu konzentrieren, da ein Teil ihres Gehirns damit beschäftigt war, fieberhaft nach Hinweisen zu suchen, wie ihre Mutter von Toms Anwesenheit hatte Wind bekommen können.

„Nach Berlin zurückzukehren.“

„Du möchtest nach Hause?“

„Ja. Nach Hause. Um sicherzugehen, dass mit dir und Anna alles in Ordnung ist.“

„Es geht uns gut“, protestierte Ursula wenig überzeugend.

„Nun, wie ich schon sagte, wir haben so viele beunruhigende Nachrichten über den Engländer gehört. Er verstärkt seine Luftangriffe auf Berlin, da bin ich besorgt um meine Töchter.“

Ursula wollte aufspringen und die Welt umarmen, bis sie sich daran erinnerte, dass ihre Mutter *hierher* zurückkommen wollte. An den Ort, an dem ihre Töchter einen der verhassten Engländer versteckten. „Aber was ist mit Lotte?“

„Lotte ist bei Lydia gut aufgehoben und ich habe den Eindruck, ihr beiden braucht mich dringender. Außerdem hat meine Anwesenheit nicht dazu geführt, dass sie vorsichtiger mit ihren Äußerungen ist. Wenigstens hat sie sich mit einem Mädchen aus der Stadt angefreundet und scheint mir viel zufriedener zu sein.“

„Aber, Mutter, du bist sicherer auf dem Land.“ Ursula versuchte vergeblich, die Panik in ihrer Stimme zu unterdrücken. Sie konnte es in Toms beunruhigtem Gesichtsausdruck sehen, als er wieder ins Wohnzimmer lugte. Sie bedeutete ihm, sich still zu verhalten, und er nickte, blieb aber im Türrahmen stehen, offensichtlich besorgt ob ihrer Aufregung.

„Nichts da. Ich muss da sein, wo ich am meisten gebraucht werde", sagte Mutter mit einer Stimme, die keinen Widerstand duldete.

„Aber Mutter", beharrte Ursula, „würde Lotte dich nicht vermissen? Es muss doch ein großer Trost für sie sein, dich in ihrer Nähe zu wissen."

Ein Glucksen kam durch die Leitung. „Du solltest deine Schwester gut genug kennen, um zu wissen, dass sie froh über meine Abreise ist. Ein Paar Augen weniger, die sie überwachen." Ihre Mutter machte eine kurze Pause und überraschte Ursula dann mit ihrer Frage: „Was verheimlichst du vor mir?"

„Nichts, Mutter", antwortete Ursula, zu schnell und zu bestimmt.

„Nun, in diesem Fall werde ich meine Sachen packen. Sag bitte Anna Bescheid, mein Schatz."

Die Telefonleitung rauschte und Ursula blieb in einer Schockstarre zurück. Wie lange, das wusste sie nicht. Eine Hand berührte ihre Schulter und sie drehte sich um. Sie blickte geradewegs in Toms grüne Augen, die sie voller Sorge ansahen.

„Ich wollte nicht lauschen, aber du hast dich so entsetzt angehört. Schlechte Nachrichten?" Seine sanfte Stimme nahm etwas von ihrer Anspannung und sie verspürte den Drang, sich gegen ihn zu lehnen, etwas von seiner Kraft zu borgen und all ihren Kummer in seiner Umarmung zu vergessen.

Sie brachte eilig Abstand zwischen sich und ihn. „Ja und nein. Das war meine Mutter, sie kommt morgen Abend nach Berlin zurück."

Tom sah verwirrt aus und Ursula erklärte: „Sie lebt hier mit uns und sie würde nie zulassen, dass ein Mann in dieser Wohnung schläft, ganz gleich, ob Freund oder Feind."

„Oh." Die Erkenntnis weitete Toms Augen. „In diesem Fall werde ich heute Nacht verschwinden. Ich möchte dir nicht noch mehr Schwierigkeiten bereiten, als ich es ohnehin schon getan habe."

Ursula konnte die Furcht in seinen Augen sehen, denn er würde dort draußen in seiner Gefängnisuniform – obwohl sie gewaschen und ausgebessert war – nicht lange unerkannt bleiben. Sein großzügiger Vorschlag, sich selbst in Gefahr zu bringen, damit sie nicht in Teufels Küche kam, rührte sie. Aber der Gedanke, was Tom in den Händen der Gestapo erwartete – und sie war sicher, dass er dorthin gebracht werden würde – brach ihr das Herz.

„Nein. Nein. Ich werde zuerst Pfarrer Bernau fragen. Vielleicht hat er eine Idee. Versprich mir, dass du hier bist, wenn ich von der Arbeit heimkomme!"

„Ich verspreche es", sagte er und legte zwei Finger an sein Herz.

Für einen Moment dachte Ursula, er würde sie küssen, aber das bildete sie sich natürlich nur ein.

Sie machte auf dem Absatz kehrt und verließ die Wohnung, um Pfarrer Bernau aufzusuchen. Sobald sie an der Kirche ankam, ging sie schnurstracks zum Pfarrhaus und klopfte an die Tür. Zu Ursulas Erleichterung war der Priester zuhause.

„Frau Hermann, was bedeutet dieser unerwartete Besuch?", fragte Pfarrer Bernau erschrocken.

„Herr Pfarrer, es tut mir leid. Aber das ist ein Notfall. Meine Mutter kommt zurück nach Berlin. Tom – Oberleutnant Westlake muss heute Nacht die Wohnung verlassen."

Pfarrer Bernau hob die Augenbrauen. „Das ist wirklich heikel. Ich kann die Ausstellung seiner Papiere oder den Fluchtplan nicht forcieren. Diese Dinge brauchen Zeit und Sorgfalt." Er sah sie mit seinen warmen, braunen Augen an. „Was, wenn Sie Ihrer Mutter reinen Wein einschenken?"

„Nein." Ursula schüttelte vehement den Kopf. „Sie würde niemals den Aufenthalt eines fremden Mannes in unserem Zuhause erlauben. Nicht für einen Deutschen und sicherlich nicht für einen Engländer."

„Wir müssen also eine andere Lösung finden, einen Ort, an

dem er sich für ein paar Tage verstecken kann. Wann erwarten Sie die Ankunft Ihrer Mutter?"

„Es kommt auf die Zugverbindung an, aber sie könnte bereits morgen Vormittag ankommen."

„Dann muss der Transfer heute Nacht geschehen. Uns bleibt nicht viel Zeit." Der Priester wandte sich um und sah aus dem Fenster. „Er kann nicht hierherkommen, zu viele Polizisten besuchen meinen Gottesdienst. Es muss einen anderen Ort geben, an dem ihn niemand vermutet."

„In den Schrebergärten." Ursula schnellte hoch und ihre blonden Locken wippten um ihren Kopf. „Wir haben dort ein kleines Häuschen und haben früher oft das Wochenende dort verbracht. Aber seit den Angriffen auf das Industriegelände in der Nähe haben die Behörden gewarnt, dass es dort nicht mehr sicher ist. Es gibt eine strenge Sperrstunde und niemand darf über Nacht bleiben."

Pfarrer Bernau drehte sich zu ihr. „Das wird gehen. Es ist nur für ein paar Tage. Aber er braucht Zivilkleidung." Der Priester sah hinab auf seinen hageren Körper. „Ich fürchte, Oberleutnant Westlake wird nicht in meine Sachen passen. Können Sie etwas auftreiben?"

Ursula schluckte. „Das werde ich."

Tom hatte eine weitaus kräftigere Statur als ihr Vater oder ihr Bruder Richard. Es stand außer Frage, dass er sich deren Kleidung leihen konnte. Andreas jedoch war in etwa genauso groß wie Tom gewesen, nur mit blonden Haaren und blauen Augen, im Gegensatz zu Toms dunklem Haar und seinen smaragdgrünen Augen. Ihrer beider Lachen war fast das gleiche, ebenso der Effekt, den es bei ihr erzielte. Es war ungerecht Andreas gegenüber. Genauso wie gegenüber seiner Mutter, die sie heute besuchen musste.

„Andererseits ... hier, nehmen Sie das." Pfarrer Bernau gab ihr eine schwarze Soutane. „Sagen Sie ihm, dass er sie über der bürgerlichen Kleidung tragen soll, wenn Sie zu den Schrebergärten gehen."

Ursula ging zur Arbeit und konnte einen Kollegen finden, der die letzten Stunden ihrer Schicht übernahm, damit sie früher gehen konnte. Ein schlechtes Gewissen verlangsamte ihre Schritte, als sie sich der Wohnung ihrer Schwiegermutter näherte. Sie hatte die Frau seit langem nicht besucht, aus dem einfachen Grund, weil sie die Erinnerung an Andreas nicht ertragen konnte. In die trostlosen Augen der Frau zu sehen, die sowohl ihren Ehemann als auch ihren Sohn verloren hatte, wäre unerträglich gewesen und hätte Ursula nur noch stärker in ihrer Trauer versinken lassen.

Ursula klopfte an die Tür.

„Guten Tag, Frau Hermann", begrüßte Ursula die ältere Frau mit den gleichen blauen Augen und dem blonden Haar, das Andreas gehabt hatte. Die Familienähnlichkeit drehte ihr den Magen um.

„Ursula ...", sagte ihre Schwiegermutter und bat sie ins Haus hinein. „Es tut so gut, dich zu sehen. Ich habe mich schon gefragt, wann du mal wieder vorbeikommst. Ich verstehe, es ist nicht einfach, nachdem, nun ..." Tränen glänzten in Frau Hermanns Augen.

„Es ist so schrecklich schwer. Ich vermisse ihn jeden Tag." Ursula kämpfte gegen die aufkommenden Tränen und sah zu ihren Händen hinunter. „Aber schließlich habe ich ihn auch schon davor jeden Tag vermisst."

„Ja. Das ist wahr. Dieser Krieg ist eine leidige Angelegenheit. Er hat mir meinen Mann und meinen Sohn genommen. Ich weiß nicht, wie ich jemals darüber hinwegkommen soll, aber das geht dir sicherlich genauso. Ihr beiden wart solch ein schönes Paar. Ich hoffe, du wirst eines Tages einen anderen Mann finden, für den du genauso viel empfindest."

Ursula war erleichtert, dass Frau Hermann diesen Moment

wählte, um sich zu schnäuzen, denn sie spürte, wie ihr die Röte ins Gesicht stieg.

„Frau Hermann, ich bin gekommen, weil ich Sie um einen Gefallen bitten möchte." Lügen war in den letzten Tagen zu einer Gewohnheit geworden und sie zuckte mit keiner Wimper bei ihren nächsten Worten. „Ich habe … nichts, das mich an Andreas erinnert, denn wir konnten nie zusammenleben. Deshalb … habe ich mich gefragt, ob Sie es mir erlauben, einige seiner Kleidungsstücke mitzunehmen. Erinnerungsstücke, die mir helfen, wenn ich mich einsam fühle."

Das Gesicht ihrer Schwiegermutter wurde sanft. „Natürlich, Ursula. Ich konnte es nicht übers Herz bringen, seine Kleidung wegzugeben. Ich weiß, ich sollte es tun, denn andere haben es nötiger, aber auch ich brauche die Erinnerung an meinen Sohn." Sie lächelte freundlich und ein Stich fuhr durch Ursulas Herz. „Setz dich doch und ich bringe dir einige seiner Sachen."

Ursula seufzte erleichtert, als ihre Schwiegermutter die Treppen hinaufeilte. Die Schuld wog schwer auf ihren Schultern. Andreas war erst seit drei Monaten tot und hier war sie nun, bereit, seine Kleidung einem anderen Mann zu geben. Ihre verstörenden Gefühle für Tom waren nicht dazu angetan, ihre Scham zu mindern. Sie vergrub ihr Gesicht in den Händen und ihre blonden Locken fielen wie ein Schleier vor ihre Hände.

Sie betrog nicht nur Andreas mit ihrer Schwärmerei für den Engländer, sie hatte auch noch jeden, der ihr lieb und teuer war, belogen, missachtet und in Gefahr gebracht, einschließlich ihres Vaterlandes.

Was für ein Mensch war aus ihr geworden?

KAPITEL 14

„Du siehst wie ein echter Deutscher aus“, sagte Ursula, als Tom in Andreas' Anzug aus dem Zimmer kam.

„Ich könnte jeden in die Irre führen, nicht?“ Er stellte sich zu seiner vollen Größe von eins achtzig auf.

„Solange du nicht den Mund aufmachst“, kicherte Ursula nervös.

Tom machte ein gespielt empörtes Gesicht. „Du willst andeuten, mein Deutsch sei schlecht? Das ist nicht nett.“

„Nein, dein Deutsch ist überraschend gut, aber dein Akzent …“ Sie imitierte die komische Art, wie er die Wörter aussprach, und kicherte erneut. Ihre Nerven waren bis zum Zerreißen gespannt. Bald würde der gefährlichste Teil ihrer Aktion beginnen und sie müssten gemeinsam durch die Straßen laufen.

Sie gab ihm die schwarze Soutane und hoffte, dass niemand die Verkleidung hinterfragen würde. Dann warteten sie, bis das plärrende Radio von nebenan verstummte. Ursula konnte die wachsende Anspannung kaum noch ertragen, während sie aufmerksam auf Geräusche aus der Nachbarwohnung lauschte.

„Frau Weber ist zu Bett gegangen“, sagte sie schließlich. „Lass uns gehen.“

Tom sah sie an und musste ihr Zittern bemerkt haben, denn er nahm ihre Hände in seine. „Alles wird gut."

Sie nickte stumm und bedeutete ihm leise, dass er ihr folgen sollte. Sie schlichen aus der Wohnung und huschten die Treppe hinunter wie Einbrecher. Es war nach zehn Uhr abends und die menschenleeren Straßen wurden nur vom Mondlicht beschienen.

Ursula kannte den Weg zu den Schrebergärten auswendig. In ihrer Kindheit war sie die drei Kilometer tausendmal gegangen, aber nie nachts. Nach dem Weltkrieg hatten Ursulas Eltern einen der in der ganzen Stadt entstehenden Kleingärten beantragt. Mutter hatte die Erde sorgfältig bearbeitet, damit darauf Obst und Gemüse wuchsen. Aber seit Mutter auf dem Land war, hatten Ursula und Anna zwischen Arbeit und Haushalt den Garten vernachlässigt und nur das Nötigste getan, um die Pflanzen am Leben zu erhalten.

Tom folgte ihr mit einigen Schritten Abstand, ohne ein einziges Wort zu sagen. Ohne Zwischenfall schafften sie es fast bis zur Abzweigung zum Fußweg in die Gärten, als ihr das Blut beim Klang einer Stimme gefror.

„Guten Abend, Fräulein."

Ursula wirbelte herum und sah in die Gesichter zweier junger Offiziere in der schwarzen SS-Uniform. Kalter Schweiß erschien auf ihren Handflächen.

„Papiere, bitte", sagte einer der SS-Männer. Beiden trugen einen Oberlippenbart und konnten kaum älter als sie selbst sein. Ihre Pistolen lugten aus dem Hosenbund hervor, als ob sie es nicht erwarten konnten, benutzt zu werden. Ursulas Herz hämmerte so heftig, dass sie erwartete, das Echo von den Gebäuden um sie herum widerhallen zu hören.

„Natürlich, einen Augenblick bitte", sagte sie, bemüht, ihre Stimme ruhig klingen zu lassen. Die SSler warteten geduldig, während Ursula in ihrer Handtasche nach dem Ausweis suchte. Einer von ihnen rauchte und jedes Mal, wenn der Mann den

Filter seiner Zigarette zu seinen Lippen führte, machte er ein leises, saugendes Geräusch, gefolgt von einem tiefen und langsamen Ausatmen. Der charakteristische Geruch von Nikotin waberte in Ursulas Nasenflügel und übertönte den Geruch der Angst – eine Angst, die beinahe jeder fühlte, wenn er mit der SS konfrontiert war.

Ursula händigte ihm ihre Papiere aus und wartete mit angehaltenem Atem. Aus dem Augenwinkel sah sie, wie nervös Tom war. Inzwischen kannte sie ihn gut genug, um zu wissen, dass unter der Priestersoutane jeder einzelne Muskel angespannt war und er wachsam wie ein Panther auf der Jagd die Situation beobachtete.

„Es ist reichlich spät für so eine hübsche Frau, noch unterwegs zu sein", sagte der eine von ihnen mit einem charmanten Lächeln.

„Jawohl", antwortete sie und erhaschte einen Blick auf den düster dreinschauenden Tom.

„Können wir Sie irgendwohin begleiten?", fragte der junge Mann, ganz offensichtlich bestrebt, mit ihr anzubandeln.

„Vielen Dank, mein Herr, bitte machen Sie sich keine Umstände …" Sie folgte dem Blick des zweiten SS-Mannes hinüber zu dem als Priester verkleideten Tom. „Der Gesundheitszustand meiner Schwiegermutter ist sehr schlecht und ich habe den Priester geholt, um ihr die Beichte abzunehmen."

Es war wahrscheinlich nicht das klügste, was sie sagen konnte, aber ihr war auf die Schnelle keine bessere Ausrede eingefallen. Tom runzelte sorgenvoll die Stirn und berührte das Kreuz um seinen Hals, während er einige undeutliche Worte murmelte, die sich wie ein lateinisches Gebet anhörten.

„Nun, unter diesen Umständen, Frau …" Der SS-Mann sah noch einmal auf die Papiere, „… Hermann, werden wir Sie nicht weiter aufhalten." Er gab die Dokumente zurück und trat einen Schritt zur Seite. „Gott schütze Sie, Vater."

Als die beiden fort waren, schwankte Ursula aufgrund eines plötzlichen Schwindelanfalls und Tom ergriff ihren Arm.

„Ich wäre vor Angst fast gestorben", gab sie zu. „Wenn sie nach deinen Papieren gefragt hätten, wäre es aus gewesen."

„Nicht ohne Kampf", antwortete er und verstärkte den Griff um ihren Ellenbogen. „Aber du hast recht, wir hatten Glück. Lass uns schnell weitergehen, oder wir riskieren, in eine weitere Patrouille hineinzulaufen."

Etwa hundert Meter weiter bogen sie in den Kiesweg ein, der zum Schrebergartengelände führte. Der Mond versteckte sich hinter einer Wolke und die plötzliche Dunkelheit erschwerte die Orientierung.

„Pass auf, wo du hintrittst", flüsterte sie. „Es gibt hier so viel Gestrüpp und Wurzeln, die den Weg bedecken."

Bei Tag glichen die Kleingärten einem riesigen Flickenteppich aus tiefem Braun und leuchtendem Grün, durchsetzt mit Gemüsebeeten, Obstbäumen und kleinen Häuschen oder Schuppen. Wenige Minuten später blieb sie vor einem Holztor stehen, das höher war als ein erwachsener Mann, flankiert von ebenso hohen Thujahecken.

„Das ist dein neues Zuhause", flüsterte sie mit einer großen Geste, während sie das Tor aufschloss und ihm den zweiten Schlüssel gab.

„Umwerfend, und so uneinnehmbar wie Dornröschens Rosenhecke", sagte Tom mit einem unwiderstehlichen Grinsen.

Sie wollte ihn schon für seinen Mangel an Ernsthaftigkeit schelten, besann sich dann aber eines Besseren und schloss das Tor. Ein rostiges Quietschen hallte durch die Nacht und beide erstarrten. Bewegungslos lauschte sie in die Dunkelheit. Erst als man nichts weiter als das Bellen eines Hundes in der Ferne vernehmen konnte, wagte sie es, wieder zu atmen. Sie bedeutete Tom, ihr zu folgen, und durchquerte den kleinen Garten. Mit nur zehn Schritten passierten sie den Brunnen und standen vor dem Holzschuppen, gerade als der Mond wieder hinter den

Wolken hervorschien. Das Holz war verwittert und Moos wuchs an den Seitenwänden, was den Schuppen als einen Teil der umgebenden Natur erscheinen ließ.

Tom trat leise auf die Veranda, während sie den Türschlüssel herauskramte. Seine Nähe ließ ihren Atem schneller gehen und sie ließ den Schlüssel fallen. Glücklicherweise konnte Tom ihn mit einem beherzten Griff gerade noch fangen, bevor er mit einem lauten Klimpern zu Boden fiel. Dann öffnete er das Schloss und hielt die Tür mit einer großen Geste für Ursula auf. Jetzt fühlte sie sich wirklich wie Dornröschen in ihrem Schloss.

„Ich fürchte, es ist nicht sehr groß", entschuldigte sich Ursula, nachdem sie vorsichtig die Tür hinter ihnen geschlossen und die Petroleumlampe angezündet hatte. Trotz der Anordnung, die Gärten nach Anbruch der Dunkelheit zu verlassen, konnte man nicht sicher sein, dass niemand hier war, der sie hören – und denunzieren konnte.

„Es ist ungefähr so groß wie meine Zelle, aber ich muss es wenigstens nicht mit zwei anderen Männern teilen und aus dem Fenster auf die Hinrichtungskammer starren." Er lachte kurz auf, aber Ursula fand das nicht lustig. Die Haut um ihre blauen Augen legte sich in Falten, als sie die Stirn runzelte. Sie war nicht besonders abergläubisch, aber sie fand es trotzdem nicht angebracht, das Schicksal herauszufordern, indem man sich darüber lustig machte.

„Du bekommst Wasser aus dem Brunnen und kannst dir nachts Gemüse von den Beeten nehmen. Tagsüber jedoch kommen hier ständig Leute vorbei. Sie können nicht durch die Hecke sehen, dennoch solltest du im Schuppen bleiben und leise sein." Sie sah ihn ernst an und überprüfte dann, ob die Fensterläden fest verschlossen waren.

In der Hütte standen Gießkannen und andere Gartengeräte herum, unter anderem ein wackliger Tisch und zwei Sonnenliegen, die schon bessere Zeiten gesehen hatten. Sie wühlte durch den Haufen von ordentlich zusammengelegten Stofftüchern in einer Ecke der Hütte und fand die Kissen für die Liegen, ebenso wie eine Garnitur alter, aber sauberer Handtücher und einige Tischdecken.

„Das muss für dein Bett reichen." Sie kniete sich hin, um ein provisorisches Bett aufzubauen, aber er umfasste ihre Taille und drängte sie sanft dazu, wieder aufzustehen.

„Ich kann das selbst machen. Du hast bereits genug für mich getan." Seine grünen Augen verwandelten sich in tiefe Seen, als er weitersprach: „Ich verdanke dir mein Leben, Ursula Hermann, und du musst wissen, es gibt nichts, was ich nicht für dich tun würde, solltest du jemals meine Hilfe brauchen."

Seine Hände lagen auf ihren Hüften und brannten sich durch ihr Kleid auf ihre Haut, direkt in ihr Herz. Für einen Moment warf sie jegliche Vorsicht über Bord und drückte ihren Körper gegen Toms. Nach einigen Tagen nahrhafter Kost und normalen Rationen hatte er an Gewicht zugelegt und sogar durch mehrere Schichten Kleidung hindurch bemerkte sie, wie hart seine Muskeln waren.

Der Drang, sein raues Gesicht zu berühren, war überwältigend, und sie bemerkte, dass ihr Atem schneller ging und ihr Herz stolperte. Nein, das konnte sie nicht zulassen! Verzweifelt presste sie ihre Hände gegen seine Brust, um seiner Umarmung zu entfliehen.

„Ich muss jetzt gehen. Ich komme morgen Nacht mit etwas zu essen wieder. Denk daran, die Hütte tagsüber unter keinen Umständen zu verlassen."

Dann sprintete sie durch den kleinen Garten, als wäre der Leibhaftige hinter ihr her. Erst als sie das Tor von außen verschlossen hatte, hielt sie an und stieß einen tiefen Seufzer aus.

KAPITEL 15

Als Ursula am nächsten Tag zur Arbeit ging, waren ihre Gedanken immer noch bei Tom und den Geschehnissen im Schrebergarten. Die Art, wie ihr Körper auf seine Nähe reagierte, verwirrte und beunruhigte sie. Sie hatte Andreas geliebt, aber er hatte nie diese Schmetterlinge in ihrem Bauch verursacht.

Ursula schob die beängstigenden Gefühle beiseite und durchlief ihren Tagesablauf, allerdings ohne ihr übliches aufmunterndes Lächeln. Mehr als einmal überhörte sie, wie eine Gefangene fragte, was mit dem Blonden Engel geschehen war, obwohl keine der Frauen es wagte, sie direkt darauf anzusprechen. Nicht einmal die Erwähnung ihres Spitznamens konnte ihr Gemüt erheitern, zu stark war die Sorge um Toms Wohlergehen und die Verwirrung über die Gefühle, die sie für ihn empfand.

Erst während der täglichen Stunde Freigang kam eine der älteren – nicht wegen ihres Alters, sondern der Dauer ihrer Inhaftierung – Insassinnen auf sie zu, als sie allein herumstand, und fragte: „Was ist passiert, Frau Hermann? Sollte es Sie nicht freuen, dass die schrecklichen Massenhinrichtungen endlich aufgehört haben?"

Ursula nickte geistesabwesend. „Wohl wahr. Und das tut es. Ich bin nur … in Gedanken."

Die Frau legte den Kopf schief und kräuselte die Nase. „Ist es wegen Ihres Ehemannes?"

In einer Strafvollzugsanstalt wie Plötzensee verbreiteten sich Neuigkeiten schnell und die meisten wussten von Andreas' Tod, weil sie einen Tag freibekommen hatte, um aufs Standesamt zu gehen und einige Formalitäten zu erledigen.

„Hm. Ja. Ich vermisse ihn fürchterlich", antwortete sie, glücklich über die Ausrede, an der sie sich festhalten konnte. Es war nicht einmal gelogen. Sie vermisste Andreas immer noch, trotz der gegenwärtigen Aufregung in ihrem Leben und der unschicklichen Schwärmerei für den Engländer.

„Ich fühle mit Ihnen", sagte die Frau und für einen Moment dachte Ursula, sie würde sie umarmen. Aber das war ein noch größeres Tabu, als sich in den Feind zu verlieben.

„Danke." Ursula drehte sich schnell weg und tat so, als würde sie woanders gebraucht werden. Obwohl diese Frau den Behörden sicherlich mit keinem Wort etwas verraten würde, falls sie vermutete, dass Ursula einen geflohenen Gefangenen versteckte, musste Ursula eine gelassenere Fassung bewahren. Wenn die Gefangenen ihren verängstigten Zustand bemerkten, konnten ihre Vorgesetzten das auch. Und Frau Schneider würde schwieriger zu beantwortende Fragen stellen.

Zum Glück läutete die Glocke das Ende des Freigangs und für die nächsten Stunden war sie zu beschäftigt, um ihren Gedanken nachzuhängen.

Die Zeit verging und Ursula sehnte sich danach, nach Hause zurückzukehren. Zwar wusste sie, dass ihre Befürchtungen dort nicht wie von Geisterhand verschwinden würden. Aber zumindest würde sie ihren Gemütszustand nicht vor anderen verstecken müssen.

Auf dem Weg ins Mitarbeiterzimmer stieß sie beinahe mit Pfarrer Bernau zusammen und schreckte bei seinem Anblick hoch.

„Guten Tag, Frau Hermann, ist alles in Ordnung?", fragte er mit seiner sonoren Stimme.

Sie sah ihn verzweifelt an, bevor ihre Augen fieberhaft den Flur auf- und absuchten, um sicherzugehen, dass sie nicht gehört wurden. „Es tut mir leid, Herr Pfarrer, aber ich kann es nicht tun. Ich kann es einfach nicht. Ich bin ein einziges Nervenbündel."

„Lassen Sie uns in mein Büro gehen, ja?" Er drehte sich um und öffnete dann die Tür für sie.

Sobald der Priester die Tür hinter sich geschlossen hatte, platzte sie heraus: „Ich komme mit der Belastung nicht zurecht. Den ganzen Tag war ich flattrig und hatte Angst, mich zu verraten. Eine der Gefangenen hat mich sogar gefragt, was los sei, und wenn Frau Schneider meine Nervosität bemerkt, wird sie Fragen stellen."

„Beruhigen Sie sich, mein Kind." Pfarrer Bernau legte eine beschwichtigende Hand auf ihre. „Nichts ist passiert."

„Ich habe nur … ich fürchte, jemand wird es herausfinden … es wird schiefgehen. Ich habe dieses schreckliche Gefühl." Ursula war den Tränen nahe. Sie hatte sich so sehr angestrengt, gefasst zu bleiben, dass nun ihre Willenskraft erschöpft war.

„Frau Hermann, Sie können jetzt nicht aufgeben. Dieser Mann braucht Sie."

„Aber was ist, wenn wir erwischt werden? Was ist, wenn ich getötet werde? Oder schlimmer …" Die unausgesprochenen Schrecknisse schwebten zwischen ihnen. Beide hatten zu oft miterlebt, was mit Verrätern geschah. „Ich möchte helfen, aber ich bin nur eine schwache Frau. Ich tauge nicht zum Heldendasein. Nicht wie einige der tapferen Frauen hier drinnen. Es wird nur noch schwieriger und …" Sie bemühte sich, wieder zu Atem zu kommen, doch die Heftigkeit ihrer Angst, die in ihr tobte, beraubte sie all ihrer Energie. „... ich habe mein Limit erreicht. Ich kann es nicht mehr aushalten."

„Bitte, setzen Sie sich und kommen Sie wieder zu Atem. Dann wird alles einfacher."

Ursula glaubte ihm keine Sekunde lang, aber sie zwang sich, tief Luft zu holen.

„Sie müssen Angst haben. Ich weiß es, denn ich habe auch Angst. Aber ist es das alles nicht wert, zu wissen, dass Sie jemand anderem das Leben gerettet haben?"

„Ja, schon ... aber ich will nur noch, dass es vorbei ist. In ständiger Furcht zu leben, das ist nichts für mich."

„Es sind nur noch ein paar Tage ..." Jemand klopfte an die Tür und Pfarrer Bernau rief: „Einen Moment, bitte." Dann blickte er mit seinen dunklen Augen wieder Ursula an und fügte hinzu: „Es tut mir leid, die Arbeit ruft. Können Sie heute Abend in die Kirche kommen, damit wir uns noch ein wenig unterhalten können? Vielleicht kann ich Ihnen bis dahin einen genaueren Zeitplan geben."

„Danke, Herr Pfarrer, ich komme vorbei, nachdem ich mich um das Abendessen gekümmert habe."

Ursula schleppte sich ins Mitarbeiterzimmer und zog ihre zivile Kleidung an. Alles, was sie wollte, war, sich in ihrem Bett zusammenzurollen und zu heulen, bis sie die Kraft aufbringen konnte, Essen für Tom zuzubereiten und sich auf den Weg zu den Schrebergärten zu machen.

Sie stieg eine Station zu früh aus dem Bus und ging den Rest des Weges zu Fuß. Die tief am Horizont hängende Septembersonne warf einen goldenen Schimmer auf die Häuser. Die Wärme des Tages vermischte sich mit der Kälte, die die Nacht bringen würde. Sie hoffte, dass es für Tom im Schuppen nachts nicht zu kalt sein würde. Die Bewegung an der frischen Luft hatte sie so weit beruhigt, dass sie eine Melodie in ihrem Kopf summte, zuversichtlich, dass alles gutgehen würde.

Aber in dem Moment, als sie die Wohnung betrat, zerbrach

ihr neu gewonnenes Selbstvertrauen in eine Million Scherben, als sie Anna flankiert von zwei Männern im Wohnzimmer vorfand. Alle drei drehten sich um und ihr Herz setzte für einen Moment aus. Beide Männer waren Anfang zwanzig, hatten breite Schultern und trugen ihr blondes Haar mit Brillantine zurückgekämmt. Sie sahen schneidig aus in ihren langen Ledermänteln und unter anderen Umständen hätte sie ihre Erscheinung als angenehm empfunden.

„Ursula, diese Herren sind von der Gestapo. Frau Weber hat sie gerufen, weil sie angeblich Geräusche aus unserer Wohnung gehört hat und dachte, dass sich hier jemand versteckt hält“, erklärte Anna mit ruhiger Stimme.

Ursula erstarrte, unfähig, sich zu bewegen oder auch nur zu atmen.

„Fräulein, wir müssen Ihnen ein paar Fragen stellen“, sagte der junge, gutaussehende Beamte.

„Frau. Ich bin Frau Hermann“, korrigierte ihn Ursula aus Gewohnheit.

„Frau Hermann“, wiederholte er mit einem Stirnrunzeln. „Wo ist Ihr Ehemann?“

„Tot. Er ist vor einigen Monaten an der Ostfront gefallen.“ Ihre Beine gaben nach. Wenn der zweite Beamte sie nicht aufgefangen hätte, wäre sie zu Boden gefallen. Er setzte sie auf das Sofa und seine blauen Augen sahen sie mit einer Mischung aus Argwohn und Besorgnis an.

Dann begannen sie mit der Befragung. Ursula zeigte ihre Dokumente und beantwortete endlose Fragen, wo sie sich aufgehalten hatte, ob sie etwas Ungewöhnliches bemerkt hatte und so weiter. Zu ihrer großen Überraschung kam Frau Weber mit einem schmutzigen Teller aus der Küche.

„Er muss von diesem Teller gegessen haben“, sagte ihre Nachbarin mit der Gewissheit einer Frau, die zu viele Krimis gelesen hatte.

„Das war mein Mittagessen. Ich hatte noch keine Zeit, den

Abwasch zu erledigen, bevor Sie ankamen, meine Herren", sagte Anna mit einem Augenaufschlag.

„Jemand war hier. Ich hörte die Stimme eines Mannes. Und Schritte", beharrte Frau Weber.

Ursula wusste nicht, was sie sagen sollte, aber ihre Schwester war glücklicherweise schlagfertiger.

„Glauben Sie, jemand ist eingebrochen?", fragte sie den Beamten, der sie vorhin angelächelt hatte.

„Möglich wäre es", sagte er und versuchte, streng auszusehen.

„Oh, du meine Güte. Stellen Sie sich vor, meine Schwester oder ich wären zu Hause gewesen, wer weiß, was dieser Verbrecher uns hätte antun können?" Annas zitternde Stimme wurde mit jedem Wort schriller und abgrundtiefes Entsetzen breitete sich auf ihrem Gesicht aus. Ursula traute ihren Augen kaum, und hätte beinahe über das Spektakel gelacht.

Eine einzelne Träne lief über Annas Gesicht und sie drückte eine Hand auf ihre Brust, als sie mit schriller Stimme sagte: „Ich habe solche Angst. Die Männer der Familie kämpfen an der Front für unseren Führer und unsere Mutter ist auf dem Land. Wir beide sind ganz allein hier." Dann trat sie tatsächlich einen Schritt zur Seite, als ob sie sich vor einem unsichtbaren Übeltäter verstecken wollte. „Glauben Sie, er ist noch hier? Was ist, wenn er zurückkommt? Wer wird meine Schwester und mich beschützen?"

Meine Güte, er hat keine Ahnung, was sie ihm da vorspielt. Anna lieferte ein exzellentes Schauspiel ab und ihr Schluchzen war täuschend echt, was vielleicht auch an der Ernsthaftigkeit der Situation lag.

„Wir werden die Wohnung durchsuchen, um sicherzugehen, dass sich niemand versteckt hält." Der Gestapobeamte lächelte Anna an und sein Blick verweilte etwas zu lange auf ihrem Dekolleté. Dann fing er an, jede Schublade zu öffnen und jedes Möbelstück auf der Suche nach dem versteckten Mann zu verschieben. Anna folgte ihm wie ein Hündchen und stieß dabei bewundernde Seufzer ob seiner Stärke und seines Mutes aus.

Ursula selbst musste sich weder ängstlich noch besorgt stellen – sie war es tatsächlich. Als sie endlich die Kraft fand, vom Sofa aufzustehen, wandte sie sich an den anderen Beamten. „Bitte, kommen Sie mit mir. Ich zeige Ihnen die anderen Zimmer. Ich hoffe, der Eindringling hatte keine Zeit, etwas zu stehlen."

Sie zeigte ihm zuerst Annas Zimmer, während sie sich den Kopf darüber zerbrach, ob noch Spuren von Toms Anwesenheit in der Wohnung verblieben waren. Sie hatte sein Zimmer geputzt und gelüftet, die Bettwäsche gewechselt und die Häftlingsuniform in der Nähe von Plötzensee entsorgt.

Eine Stunde später, nachdem sie die Wohnung auf den Kopf gestellt hatten, mussten die beiden Beamten zugeben, dass keine Spur eines Eindringlings zu finden war. Wieder wurden Ursula und Anna befragt, ob etwas fehlte oder ob sie etwas Merkwürdiges bemerkt hätten, aber die Fragen waren viel freundlicher geworden und Anna ließ keine Gelegenheit aus, dem Gestapobeamten, der an ihr Gefallen gefunden hatte, schöne Augen zu machen.

Frau Weber bestand auf ihrer Version der Dinge, bis der ernstere Beamte genug hatte und einen Blick mit seinem Kollegen austauschte. Dann befahl er ihr, die Wohnung zu verlassen. Sie sah etwas düpiert aus, raffte aber schnell ihre Röcke und verschwand. Ursula sprach innerlich ein Dankgebet, dass dieser Aasgeier verschwunden war.

Anna hingegen nutzte die Gelegenheit, um noch eins draufzusetzen und blickte mit großen Augen zu den beiden jungen Männern auf, während sie gleichzeitig ihr glattes blondes Haar über ihre Schulter warf. Auch ihr Ausschnitt hing etwas tiefer als zuvor und zeigte etwas mehr Haut, als schicklich war. Der Polizist bemerkte es sofort und seine Augen klebten förmlich an Annas Dekolleté.

„Vielen Dank dafür, dass wir uns wieder sicher fühlen können", flötete Anna mit ihrer eindringlichsten armes-Fräulein-in-Not-Stimme. „Wir sind nur schwache Frauen, wir haben keine Möglichkeit, uns gegen Einbrecher – oder Schlimmeres – zu wehren." Ein Schauer erschütterte ihren Körper, bevor sie sich wieder auf *ihren* Beamten konzentrierte. „Sie sind ein wirklicher Held. Wie können wir Ihnen jemals genug für Ihre Tapferkeit und den Dienst danken, den Sie für unser Land leisten? Ich würde Sie zu einer Tasse Tee einladen, wenn das nicht unpassend wäre." Sie klimperte mit den Augenlidern und Ursula konnte nicht anders, als beeindruckt zu sein.

„Ich fürchte, Fräulein, wir können Ihre großzügige Einladung nicht annehmen, da dies in der Tat unangemessen wäre", sagte der andere Beamte und warf seinem liebeskranken Kollegen einen warnenden Blick zu.

Anna lächelte anmutig und führte die beiden zur Wohnungstür. Ursula hörte, wie die Gestapo ihre Schwester warnte, immer Fenster und Türen fest verschlossen zu halten.

Als Anna zurück ins Wohnzimmer schlenderte und sich neben sie aufs Sofa fallen ließ, sagte Ursula: „Das war großartig, Schwesterherz. Bist du sicher, dass du Biologin werden willst? Deine Berufung scheint die Schauspielerei zu sein."

Anna lehnte sich an sie und kicherte. „Ich hab dir doch gesagt, dass es eines Tages nützlich sein würde."

„Ich bin nur froh, dass wir Tom gestern Abend in den Schrebergarten gebracht haben", sagte Ursula und sprang dann auf. „Um Himmels Willen! Den habe ich komplett vergessen. Ich muss ihm Essen bringen, er wird schrecklich hungrig sein."

„Auf gar keinen Fall! Du kannst jetzt nicht weggehen. Wir müssen hierbleiben. Die Gestapo schien unsere Geschichte zu glauben, aber wir werden sicher beobachtet. Sie warten darauf, dass wir einen Fehler machen und den Mann warnen, den wir versteckt halten. Das können wir nicht riskieren. Tom muss bis morgen warten."

Ursula seufzte. „Du hast recht. Ich wette, Frau Weber drückt ihr Ohr gegen die Wand und lauscht jedem unserer Schritte."

In dieser Nacht schliefen Ursula und Anna gemeinsam im Ehebett, beide so verängstigt, als ob in ihrer Wohnung wirklich ein Einbrecher gewesen wäre. Sie hielten einander fest, während in Ursulas Kopf die Gedanken wirbelten.

„Schläfst du schon?", fragte Ursula.

„Nein."

„Das war knapp. Zu knapp. Stell dir vor, Mutter hätte sich nicht dazu entschieden, nach Berlin zurückzukehren ..." Die unausgesprochene Drohung schwebte in der Luft wie eine schwere Last, die jederzeit auf sie herabsausen konnte.

„Ich habe auch Angst. Aber jetzt, da er nicht mehr im Haus ist, kann uns niemand was nachweisen, wenn er erwischt wird."

Ursula atmete tief ein. Sie war sich sicher, dass Tom lieber sterben würde, als sie zu verraten. In seiner Akte hatte sie gelesen, dass die Gestapo bereits eine Vielzahl von Methoden ausprobiert hatte, um ihn zum Sprechen zu bringen. Nein, er würde ihre Namen nicht preisgeben.

„Was sollen wir jetzt machen? Ich bin mir nicht sicher, ob ich diese Scharade noch lange aufrechterhalten kann. Heute auf der Arbeit ... hat mich eine der Gefangenen gefragt, ob etwas nicht stimmt. Ich kann meine Gefühle nicht gut genug verbergen. Was ist, wenn jemand anderes es bemerkt?"

„Du hast die Sache angefangen, jetzt musst du sie auch zu Ende bringen", sagte Anna. „Ich bin wirklich stolz auf dich. Meine Schwester, die nie gegen die Regeln verstoßen hat, schmuggelt einen Kriegsgefangenen aus dem Land. Wie toll ist das?"

Bei dem Kompliment stieg Ursula die Röte ins Gesicht. Eine Röte, die sich nur verstärkte, als sich die Zahnräder in ihrem Gehirn drehten und etwas einrastete. „O nein! Ich sollte mich vor Stunden mit Pfarrer Bernau treffen. Er muss schrecklich besorgt sein."

„Nun, auch er muss warten. Besuche ihn morgen früh, bevor du zur Arbeit gehst. Was würden unsere neuen Gestapofreunde sagen, wenn sie uns mitten in der Nacht auf die Straße schleichen sehen?“

„Meine Güte, ich hoffe, er kommt nicht auf die Idee, nach mir zu suchen.“

„Das wird er nicht. Zweifellos hat Pfarrer Bernau eine Situation wie diese schon mehr als einmal erlebt und weiß, wie er sich zu verhalten hat.“ Anna zog Ursula zu sich heran, umarmte sie, legte den Kopf auf ihre Brust, wo sich glattes blondes Haar mit blonden Locken vermengte.

Ganz still lagen sie Arm in Arm und trotz Annas Bemühungen, ihre Schwester zu beruhigen, war Ursula ein einziges Nervenbündel. Stunden später schlief sie schließlich ein, von beunruhigenden Alpträumen verfolgt.

Sie rannte durch einen dunklen Wald, auf der Flucht vor etwas Schrecklichem. Sie konnte nicht sehen, was es war, spürte nur die Anwesenheit und dass es näher und näher und näher kam, egal wie schnell sie rannte.

KAPITEL 16

Als Ursula am nächsten Morgen aufwachte, streckte sie schläfrig die Arme aus und berührte jemanden, der neben ihr im Bett lag. Sie setzte sich schlagartig auf und starrte Anna an, die mit einem Kissen kuschelte.

Die Erinnerungen an die Ereignisse des Vortages kamen zurück. Ursula öffnete die Verdunkelungsvorhänge und Sonnenschein strömte in den Raum. Reflexionen tanzten auf Annas Nase und ließen sie niesen.

„Guten Morgen, Schlafmütze, musst du heute nicht arbeiten?"

„Oh, um Himmels Willen …" Anna sprang auf und stürmte ins Badezimmer.

Ursula machte für beide Frühstück, aber Anna nahm nur eine Scheibe Brot mit Erdbeermarmelade in die Hand und eilte aus der Wohnung.

Sobald Ursula allein war, ergriffen sie wieder Angst, Schuld und Sorge um Tom. Sie wagte es nicht, ihn am helllichten Tag aufzusuchen. Das Letzte, was sie brauchen konnte, war, aufzufallen und noch mehr Fragen zu beantworten. Er musste bis zum Abend hungrig bleiben. Hoffentlich hatte er wenigstens in der Nacht das reife Gemüse aus dem Garten geerntet.

Sie zog sich an und belud ihre Handtasche mit einem Glas Marmelade, Gebäck, einem großen Stück Käse, Rindfleischkonserven, gekochten Kartoffeln und Quark. Dann ging sie, um vor der Arbeit Pfarrer Bernau in seiner Pfarrei zu besuchen. Mit einem letzten Blick in den Spiegel setzte sie einen schicken dunkelblauen Hut auf ihre blonden Locken. Ein dünner Halbschleier bedeckte ihre Augen, farblich passend zu ihrer dunkelblauen Jacke. Dann wickelte sie sich ein Baumwolltuch um die Schultern. Die perfekte Ausstattung, um zum Gottesdienst zu gehen. Ihre neu entdeckte Religiosität war in diesen schlimmen Zeiten sicherlich nicht verdächtig.

„Guten Morgen, Fräulein Ursula, wohin gehen Sie?“ Frau Weber öffnete ihre Tür im selben Moment, als Ursula ihre abschloss.

„Guten Morgen, Frau Weber. Ich gehe in die Kirche, um mich dafür zu bedanken, dass der Einbrecher uns keinen Schaden zugefügt hat.“ Ursula verbarg ihr finsteres Gesicht so gut wie möglich. Obwohl sie jedes Recht hatte, erzürnt zu sein, war es klüger, gute Miene zum bösen Spiel zu machen. Bevor die alte Hexe sie in ein Gespräch verwickeln konnte, floh Ursula mit einem eilig dahingeworfenen „Ich muss los!“ die Treppe hinunter und hetzte auf die Straße.

Kühle Morgenluft schlug gegen ihre Wangen und sie wickelte ihr Tuch fester um sich. *Tom muss letzte Nacht sehr gefroren haben.* Die letzten Sommertage konnten zwar noch warm sein, aber die Nachttemperatur sank fast auf den Gefrierpunkt.

Sie fand Pfarrer Bernau in der Nähe des Altars, wo er seine Kirche für den Gottesdienst am Abend vorbereitete. Ein erleichterter Ausdruck huschte über sein Gesicht, als er die blonde Frau bemerkte, die auf ihn zukam.

„Frau Hermann, wie schön, Sie zu sehen.“ Er sah sich in

der Kirche um, die bis auf eine alte Dame, die mit ihrem Rosenkranz in der ersten Reihe kniete, leer war. „Sind Sie wegen der Gedenkfeier für Ihren verstorbenen Ehemann hier?“

Ursula brauchte ein paar Momente, um zu begreifen, was er gesagt hatte, aber dann nickte sie. „Ja, Herr Pfarrer.“

„Bitte, kommen Sie mit mir.“ Er führte sie zur Sakristei und schloss die schwere Tür hinter sich. „Ich befürchtete schon, Ihnen sei etwas Schreckliches zugestoßen.“

„Beinahe.“ Ursula griff nach der Rückenlehne eines Stuhls, um ihre zitternden Hände zu beruhigen.

Der Priester drehte sich um und musterte sie. „Sie haben Angst, mein Kind. Was ist passiert?“

„Erinnern Sie sich an meine Nachbarin? Sie hat die Gestapo gerufen.“

Das Gesicht des Priesters wurde blass, aber er ermutigte sie, fortzufahren.

„Frau Weber bestand darauf, dass sich in unserer Wohnung ein Mann versteckt. Die Gestapo hat alles durchsucht und meiner Schwester und mir Tausende von Fragen gestellt.“

„Haben Sie etwas verraten?“, fragte der Priester mit einem tiefen Stirnrunzeln.

„Nein.“ Ursula schüttelte den Kopf und ihre blonden Locken hüpften um ihre Schultern. Meine Schwester hat einem der Beamten schöne Augen gemacht und ließ ihn glauben, sie sei dankbar dafür, dass ein so starker und männlicher Bursche es auf sich genommen hat, sie vor den Übeltätern dieser Welt zu beschützen. Ich hatte solche Angst …“ Sie schauderte bei der Erinnerung. „Ohne sie …“

„Sie sind noch mal davongekommen. Beim geringsten Verdacht hätte die Gestapo sie beide zum Verhör mitgenommen.“

„Ich weiß. Und das macht mir Angst. Meine Schwester kann das so viel besser als ich. Ich konnte noch nie etwas vortäuschen, verbergen oder lügen …" Ursula marschierte im Raum hin und her.

Pfarrer Bernau zuckte die Achseln. „Als Ihr Priester sollte ich Ihnen wahrscheinlich raten, ehrlich zu bleiben und den Behörden von dem Engländer zu erzählen. Aber die Dinge sind nicht immer schwarz und weiß. Was einst richtig war, ist heute falsch, und Falsches ist richtig geworden. Ich selbst habe lange mit dieser Erkenntnis gerungen, aber in meinen Gebeten hat Gott mich zu der Schlussfolgerung geführt, dass ich nur meinem Gewissen und ihm zu antworten habe."

Ursula neigte den Kopf verwundert darüber, dass ein Mensch, der mit sich und der Welt so im Reinen war wie Pfarrer Bernau, dieselben Bedenken hatte wie sie.

„Nach der Machtübernahme der Nazis habe ich, wie so viele andere, viele Jahre nach ihren Regeln gelebt. Aber eines Tages, vor etwa fünf Jahren, beschloss ich, mich nicht mehr an ihre ungerechten Gesetze zu halten. Stattdessen würde ich meinem Gewissen folgen, auch wenn dies bedeutete, unehrlich und trügerisch zu sein. Seitdem organisiere ich Mittel und Wege, jüdische Mitbürger zu verstecken und ihnen die Flucht ins Ausland zu ermöglichen. Es ist eine dankbare Aufgabe, aber sie ist in der Tat sehr gefährlich. Und es wird von Tag zu Tag schwieriger. Die Angst der Menschen vor dem NS-Regime wird immer stärker, ebenso wie die Macht des Regimes, seine Gegner zu verfolgen und zu bestrafen. Kleinere Verbrechen werden mit einer beispiellosen Grausamkeit bestraft, um ein Exempel zu statuieren und andere davon abzuhalten, sich gegen Hitler zu stellen."

Ein Schauer rann ihren Rücken herunter und ließ ihre Nackenhaare zu Berge stehen. Er musste nicht auf Details eingehen. Ursulas Arbeit war eine ständige Erinnerung daran, was mit ihr passieren würde, sollte sie erwischt werden. Sie hatte die unterschiedlichen Zustände der Folteropfer gesehen, die psychische Qual der Todeskandidaten mitbekommen und mit ihnen die allgemeine Grausamkeit des Gefängnisalltags erduldet.

Pfarrer Bernau ging auf sie zu und legte seine Hände auf ihre Schultern. Seine braunen Augen fixierten ihre. „Sie haben sich als mutig erwiesen und besitzen ein gutes Herz. Aber Sie müssen wissen, ... wenn Sie für unsere Sache arbeiten, setzen Sie Ihr Leben aufs Spiel, jeden Tag aufs Neue. Viele, die geholfen haben, wurden verhaftet und umgebracht. Ich sage das nicht, um Sie zu erschrecken, sondern um Sie zu ermahnen, vorsichtig zu sein. Sie dürfen keiner einzigen Seele von Ihrer Aufgabe erzählen. Nicht einmal Ihrer Mutter, wenn diese zurückkehrt. Je weniger Menschen Bescheid wissen, desto sicherer ist es – für alle Beteiligten. Verstehen Sie?“

Ursula starrte in sein ernstes Gesicht und nickte. Trotz der Schwere in seinem Gesichtsausdruck verspürte sie Bestärkung. Sie war nicht allein.

„Danke, Herr Pfarrer“, flüsterte sie und ging dann zur Arbeit.

„Warten Sie“, rief er ihr nach, „wenn Sie Westlake besuchen, sagen Sie ihm, dass ich einen Plan habe und er, so Gott will, in einer Woche schon wieder zu Hause ist.“

Am Abend beendete Ursula ihre Schicht und betrat eine Bäckerei. Der verlockende Geruch von frisch gebackenem Brot erfüllte die Luft. Sie kaufte einen Laib Schwarzbrot, der lange frisch blieb, und konnte einem Nussgebäck nicht widerstehen, das sie für ihren Spaziergang mitnahm. Nach reiflicher Überlegung fügte sie noch eines für Tom hinzu.

In der Dämmerung machte sie sich auf den Weg zum Schrebergarten. Dort angekommen, lauschte sie auf Schritte, bevor sie das Tor öffnete, in der Hoffnung, niemand würde das schreckliche Quietschen hören. Aber das Tor schwang lautlos auf.

Ein Lächeln erhellte ihr Gesicht und sie schloss vorsichtig das Tor hinter sich ab, bevor sie zu dem schäbigen Schuppen ging. Ihre Hände verkrampften sich und sie musste die schwere Handtasche auf der Veranda abstellen. Von drinnen kam kein Laut und sie zögerte einen Moment, bevor sie die Tür öffnete. Die schwang mit unerwarteter Leichtigkeit auf und sobald sie den ersten Schritt in den Schuppen machte, spürte sie ein gigantisches Gewicht auf sich herabsausen, wie ein Löwe, der auf seine Beute springt. Eine große Hand drehte ihren Arm in einem stahlharten Griff hinter ihren Rücken, während die andere Hand sich auf ihren Mund presste und sie am Schreien hinderte.

Panisch erstarrt sah sie aus den Augenwinkeln, wie sich die Tür des Schuppens schloss. Völlige Dunkelheit umhüllte sie. Ihr Herzschlag pochte gegen ihre Rippen und zeigte die verrinnenden Sekunden an. Sie spürte einen warmen Atem in ihrem Nacken und eine vertraute Stimme flüsterte in ihr Ohr: „Ich schwöre, ich werde Sie töten, wenn Sie schreien, verstanden?"

Die Anspannung verließ ihren Körper und Ursula schaffte es, zustimmend zu nicken.

„Warum sind Sie hier?", fragte die Stimme und die Hand glitt von ihrem Mund zu ihrer Kehle.

„Ich bin es, Ursula. Ich bin hier, um dir Essen zu bringen", sagte sie leise.

Der stählerne Griff um ihren Arm lockerte sich, er drehte sie um und drückte sie an sich. Dann ging er ein paar Schritte mit ihr wie eine Marionette auf Schnüren, bis er die Taschenlampe fand und ihr ins Gesicht leuchtete.

„Großer Gott, Ursula. Es tut mir so leid. Ich dachte, du wärst … na ja … hier, um mich zu verhaften", sagte er entschuldigend, ohne sie loszulassen. Stattdessen drückte er sie fester an sich und presste sein Kinn gegen ihren Hals. „Ich war *worried to death,* weil du gestern Abend nicht gekommen bist. Der Gedanke, dass dir etwas Schreckliches passiert sein könnte, hat mich wahnsinnig gemacht. Du kannst dir nicht vorstellen, wie oft ich hier herausstürmen und nach dir suchen wollte."

„Mir geht es gut", antwortete sie und er ließ sie endlich los. Sie konnte immer noch ein Kribbeln dort fühlen, wo seine Arme sie umschlungen hatten. Es war so falsch, dass sie die Umarmung genossen hatte. Dumm. Unschicklich. Verräterisch sogar.

Tom tauschte die Taschenlampe gegen die Petroleumlampe aus und ihr weiches Licht warf tanzende Schatten auf die Wände des Schuppens.

KAPITEL 17

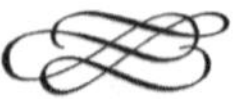

Ursula sah zu, wie Tom hungrig das Essen herunterschlang, das sie mitgebracht hatte. „Es tut mir leid, dass du hungern musstest, aber ich konnte gestern Abend beim besten Willen nicht herkommen“, sagte sie.

Tom hörte für einen Moment auf zu essen und sah sie prüfend an. „Was ist passiert?“

„Um es kurz zu machen, unsere Nachbarin hat die Gestapo gerufen und ihnen gesagt, dass sich ein Mann bei uns versteckt hält.“ Sie bemerkte, wie er bei der Erwähnung der Gestapo seinen Kiefer zusammenbiss und sich sein gesamter Körper versteifte.

„Geht es dir gut?“ Er stellte sein Essen ab und ging auf ihre Seite des Tisches. Dann legte er einen Arm um ihre Schulter. Wärme sickerte in ihren Körper. Mit ihm an ihrer Seite hatte sie keine Angst mehr.

„Ja. Anna sei Dank.“

„Anna?“

„Kein Grund zur Sorge. Meine Schwester hat eine perfekte Vorstellung abgeliefert. Sie hat die Fähigkeit, alle glauben zu lassen, heiliger zu sein als die Jungfrau Maria. Es ist etwas, das sie bereits als Kleinkind geübt hat, denn sie stellte immer irgendwelchen Unsinn an. Jedenfalls hat die Gestapo ihr geglaubt, dass wir nur zwei schwache Frauen sind, dankbar darüber, dass sie uns vor dem Bösen beschützen." Sie verzog das Gesicht und Tom musste lachen.

„Und was für schwache Frauen ihr seid ... Ich habe noch nie mutigere Schwestern getroffen."

„Warte, bis du Lotte triffst. Sie ist eine Klasse für sich." Ursula schlug die Hand vor den Mund. Der Engländer und ihre jüngste Schwester würden sich niemals begegnen. In einer Woche würde er in seiner Heimat sein und sie nie wieder von ihm hören.

Toms Stimme wurde sanft. „Ich wünschte, wir hätten uns unter anderen Umständen getroffen."

„Ich auch", sagte sie, entschlossen zu gehen. Aber ihn zu verlassen war schwerer, als sie gedacht hatte. Zu sehr genoss sie die Zeit mit ihm. „Das Tor quietscht nicht mehr."

„Ich dachte, ich könnte mich nützlich machen, und habe es geölt." Er schenkte ihr dieses jungenhafte Grinsen, das sie immer aus dem Gleichgewicht brachte. „Und ich habe ein paar lose Bretter im Schuppen befestigt, die Petroleumlampe nachgefüllt und die Sonnenliegen geputzt." Er benutzte seine Finger, um die Dinge aufzuzählen, die er repariert hatte.

„Das war doch nicht nötig."

„Ich wollte aber. Und es hat mich davon abgehalten, durch das Tor zu stürmen und nach dir zu suchen."

„Ich sollte wirklich gehen." Ursula stand widerwillig auf und griff nach ihrer Handtasche.

„Ja, das solltest du." Seine Stimme war belegt, als er sie zur Tür begleitete.

Der Mond versteckte sich hinter einer Wolke und nicht einmal Sterne erleuchteten die Nacht. Vor dem Krieg war es in Berlin niemals wirklich dunkel gewesen. Die vielen Lichter warfen immer einen schwachen Schein in den Nachthimmel.

Aber seit die Verdunkelungsregeln eingeführt worden waren, war es nachts in der Stadt genauso düster wie auf dem Land, wo Tante Lydia lebte.

Ursula konnte die Hand nicht vor den Augen sehen und stolperte über eine Unebenheit im Gras. Sie japste vor Schreck, aber im nächsten Moment hielt Tom sie in seinen starken Armen.

„Vorsicht", flüsterte er in ihr Ohr. Sein Gesicht war nur wenige Zentimeter von ihrem entfernt. Sie spürte es mehr, als dass sie es sah, obwohl seine helle Haut im Dunkeln leuchtete. Ihre innere Stimme schrie sie an, sich umzudrehen und wegzulaufen. Aber sie konnte nicht. Eine magnetische Kraft zog sie näher zu ihm heran und bevor sie sich versah, berührten seine Lippen ihre mit einem sanften Kuss. Für einen Moment genoss sie die prickelnde Erregung, gab sich der Welle an Gefühlen hin, die sie überschwemmte und verzehrte. Dann trat sie abrupt einen Schritt zurück.

„Ich … sollte jetzt gehen", sagte Ursula so entschlossen wie möglich.

„Es tut mir leid … ich hätte dich nicht …", antwortete er im selben Moment, als der Mond hinter der Wolke hervorschien und die Landschaft in sein kaltes weißes Licht tauchte. Toms Gesicht spiegelte die gleichen verwirrenden Emotionen wider, die in Ursula loderten. Aber bevor einer von ihnen etwas sagen konnte, erfüllte das Kreischen des Fliegeralarms die Nacht.

Mit dem schwarzen Humor der wirklich Verzweifelten sagte Ursula: „Sieht aus, als ob deine Freunde zu Besuch kommen."

Tom starrte sie an, als hätte sie den Verstand verloren, bis sie in den Himmel zeigte. „Ein Bombergeschwader."

„Oh … es tut mir leid …" Er zuckte mit den Schultern. Viel konnte er so oder so nicht sagen. Es herrschte Krieg und sie standen auf unterschiedlichen Seiten. Er wusste genauso gut wie sie, dass sie nur ein paar Minuten Zeit hatten, bis der erste

Bomber seine tödliche Fracht irgendwo über Ursulas Stadt abwarf. „Bitte, komm mit mir rein."

Ursula überlegte kurz. Es war zu gefährlich, nach Hause zu gehen. Selbst wenn sie einen der Schutzbunker erreichte, würde man sie nach Beginn des Angriffs nicht mehr hineinlassen.

„Es ist nicht so, dass ich viele Möglichkeiten habe", seufzte sie und folgte ihm zu dem kleinen Schuppen.

„Bleib hier. Ich verspreche dir, ich werde dich nicht wieder küssen", versicherte ihr Tom. Sie war sich nicht sicher, ob sie erleichtert oder enttäuscht sein sollte.

Dann saßen sie nebeneinander auf den Sonnenliegen, unterhielten sich, lachten sogar und tauschten Geschichten aus.

„Ursula, darf ich fragen, warum du ausgerechnet mir hilfst, obwohl du vorher noch nie jemandem auf diese Weise geholfen hast?" Toms grüne Augen starrten sie an. Als sie nicht antwortete, fuhr er sich mit einer Hand durch sein kurzes Haar und fügte hinzu: „Ich wollte sagen, was unterscheidet mich von allen anderen in dieser Situation?"

Ursula legte den Kopf schief und dachte nach. Das war eine Frage, über die sie nie wirklich nachgedacht hatte, aber als sie jetzt zurückschaute, war es offensichtlich, dass sich ihre Meinung über die Nazis in den letzten Monaten grundlegend geändert hatte.

„Ich denke …", sagte sie langsam und wägte sorgfältig jedes Wort ab. „Dass sich meine Meinung schon länger geändert hat. Wie die meisten anderen Deutschen habe ich Hitler zunächst unterstützt. Ich dachte, er sei gut für unser Land. Du weißt schon, weil er den Menschen wieder zu Arbeit verholfen und die Wirtschaft nach der schrecklichen Wirtschaftskrise wieder in Schwung gebracht hat. Aber dann habe ich fürchterliche Dinge gesehen. Das Gefängnis mit all diesen Frauen. Und dann, als Andreas starb …" Sie verstummte.

„Wer war Andreas?", fragte Tom sanft und nahm ihre Hand in seine.

„Mein Ehemann. Er ist vor ein paar Monaten an der Front gefallen. Es ist seine Kleidung, die du gerade trägst."

„Es tut mir schrecklich leid", antwortete Tom. Die Stille zwischen ihnen dehnte sich unangenehm in die Länge, bevor er fragte: „Wart ihr lange Zeit zusammen?"

„Eigentlich nicht." Ursula lachte trocken. „Wir haben uns vor drei Jahren kennengelernt. In einem Blumenladen, wo wir beide Blumen zum Muttertag gekauft haben. Er hatte einen schrecklichen Geschmack, deshalb habe ich ihm bei der Auswahl geholfen." Bei der Erinnerung an glücklichere Zeiten – Zeiten ohne Krieg – erschien ein Lächeln auf ihrem Gesicht. „Er war gutaussehend, sogar schneidig." *Wie du.* „Und er war lustig, hat mich immer zum Lachen gebracht. Er hat mich sofort verzaubert und mich nach Hause begleitet. Bald hat er mich gebeten, mit ihm zu gehen, und nach und nach haben wir uns ineinander verliebt."

Ursula schloss für einen Moment die Augen und sah dann in Toms Gesicht, als hätte sie gerade eine Offenbarung gehabt. „Es war einfach, weißt du? Wir waren so glücklich und sorglos. Wir haben nie Fragen gestellt oder daran gezweifelt, dass wir zusammen alt werden würden …" Sie legte die Stirn in Falten. „Dann wurde er eingezogen. Er kämpfte in Frankreich, Belgien, den Niederlanden und wann immer er auf Urlaub war, machten wir Pläne für die Zeit nach dem Krieg. Dann wurde er nach Russland geschickt und die Dinge wurden schlimm. Er hat mich überredet, dass wir während seiner Abwesenheit heiraten, nur für den Fall." Ursulas Brust bebte mit unterdrückten Gefühlen, die hervorzubrechen drohten.

„Er ist nicht für eure Hochzeit nach Hause gekommen?", fragte Tom ungläubig.

„Nein. Das ist heutzutage ziemlich verbreitet und wir nennen es Stahlhelmtrauung, weil ich buchstäblich zu einem Stahlhelm an meiner Seite Ja gesagt habe." Sie schnaubte. „Du hättest dort sein sollen, es war unheimlich. Sechs Frauen im

Raum und ein Stahlhelm. Der einzige anwesende Mann war der Standesbeamte."

Tom drückte ihre Hand, ohne ein Wort zu sagen.

„Das war im Januar. Andreas ist nicht mehr nach Hause gekommen, bevor er gefallen ist", flüsterte sie.

„Es tut mir so leid, Ursula. Das Leben ist nicht *fair*." Er legte seinen Arm um ihre Schultern und zog sie an sich. Sie sollte ihm das nicht erlauben, aber diese kleine Geste der Menschlichkeit tröstete so sehr.

„Du hast mich an ihn erinnert. Als ich dich in diesem Loch in der Mauer kauern sah, kamen mir die Frauen in deinem Leben in den Sinn und dass sie es nicht verdient haben, denselben Kummer zu erleiden wie ich. Sicherlich wartet ein hübsches Mädchen zu Hause auf dich."

Sein Gesicht verschloss sich, als er den Kopf schüttelte. „Nein. Sie ist im *Blitz* gestorben."

„Es tut mir leid." Aus irgendeinem seltsamen Grund jubelte ihr Herz darüber, dass seine Liebste gestorben war.

„Mir auch."

Ursulas Augen füllten sich mit Tränen der Empathie und sie kuschelte sich näher an ihn. Zwei trauernde Seelen, die einander trösteten. Stille füllte den Schuppen und sie konnte in der Ferne Detonationen hören. *Heute Nacht wird die andere Seite Berlins bombardiert.*

„Erzähl mir von deinem Leben vor dem Krieg. Wie ist es in England?", fragte Ursula, um sich von den Bombern in der Luft und dem attraktiven Mann an ihrer Seite abzulenken.

„Ich war ein privilegierter Idiot", gab Tom mit seinem typischen Grinsen zu. „Erst mit dem Krieg habe ich das überhaupt verstanden. Ich ging ins Internat und verbrachte großartige Ferien bei meinen Eltern . Das Leben bestand für mich darin, herumzualbern und Spaß zu haben. Und zu fliegen …" Seine Augen bekamen einen verträumten Ausdruck. „Mein Vater ist Pilot und hat mich mitgenommen, sobald ich laufen konnte.

Diese Momente in der Luft sind die wertvollsten in meinem Leben. Oben am Himmel ist die Freiheit grenzenlos. Eines Tages werde ich dich mitnehmen …" Seine Stimme verstummte, als er seinen Lapsus bemerkte.

„Fahr fort", sagte Ursula, als hätte sie seinen letzten Satz nicht gehört.

Er erzählte ihr vom täglichen Leben in England. Wie sehr er seine Eltern und seine Schwester vermisste. Die Kumpels auf dem Luftwaffenstützpunkt. Alles. „Die einzige wirkliche Schwierigkeit, die ich als Jugendlicher hatte, war, linkisch und unbeholfen zu sein", grinste er.

Ursula grinste zurück. „Bitte ‚erzähl es mir." Es war schwer, sich den starken und gutaussehenden Mann als schlaksigen Jungen vorzustellen.

„O mein Gott, willst du wirklich von den schlimmsten Schlägen für mein Ego erfahren?", witzelte er. Als sie ihren Kopf an seine Schulter legte, lachte er und fuhr fort: „Ich war der Letzte von meinen Freunden, der gewachsen ist, also war ich mindestens eineinhalb Köpfe kleiner als die anderen. Noch dazu war ich im Stimmbruch und meine Stimme quietschte fürchterlich." Er ahmte den Klang nach und Ursula kicherte.

„Du übertreibst", beharrte sie.

„Überhaupt nicht. Ein hübsches Mädel wie du wäre so schnell weggelaufen, wie deine Füße dich tragen konnten. Ich erinnere mich noch sehr genau an das erste Mädchen, in das ich verliebt war. Als ich versuchte, sie zu küssen, stolperte sie vor Schreck und fiel rückwärts in den See." Sein Lachen war ansteckend.

„Du meine Güte!" Sie kicherte und hielt sich ihren Bauch. „Nun, dieses Problem hast du jetzt nicht mehr."

„Wirklich?", fragte Tom und hob eine Augenbraue. Ursula spürte, wie ihr Gesicht unter seinem durchdringenden Blick puterrot wurde.

„Nein … nun, ich will damit sagen, dass du nicht mehr unbeholfen bist." Je mehr sie redete, desto schlimmer stotterte sie, bis sie entschied, dass es besser war zu schweigen.

„Wir sollten schlafen gehen", sagte Tom und stand auf, um die beiden Sonnenliegen nebeneinanderzustellen.

In dem Moment, als sie sich nicht mehr an Toms warmen Körper lehnte, kroch der kalte Nebel im Schuppen unter ihre Kleidung. Sie lag mit klappernden Zähnen auf ihrer Unterlage, spärlich bedeckt mit einer der Tischdecken und ihrem Baumwolltuch.

„Ist dir kalt?", flüsterte er in die Dunkelheit.

„N… n… nein."

„Du bist eine schlechte Lügnerin, Lady." Er zog sie zu sich herüber. „Komm her, ich werde dich wärmen."

Ursula war sich nicht sicher, was schlimmer war – die schreckliche Kälte ohne ihn oder die Hitze seiner Umarmung, die ihren Körper verbrannte. Sie wagte es nicht, sich zu bewegen, und lag stocksteif da, bis sie seinen gleichmäßigen Atem hörte. Dann entspannte sie sich endlich genug, um die Augen zu schließen.

KAPITEL 18

Am nächsten Morgen erwachte Ursula im Morgengrauen und stahl sich aus ihrem provisorischen Bett. Als sie die Tür öffnete, fiel Sonnenlicht in den Schuppen. Sie beobachtete Tom einen Moment lang, wie er ruhig schlief. Sie hatte ihn noch nie so entspannt gesehen. Ein zaghaftes Lächeln huschte über seine Mundwinkel, als er sich auf die Seite rollte.

Leise schloss sie die Tür hinter sich. Es war besser, sich nicht zu verabschieden. Die lähmende Furcht des gestrigen Tages war von ihren Schultern gefallen und sie eilte mit schwebenden Schritten nach Hause. Heute war ihr freier Tag und obwohl sie ihn gern mit Tom im Schrebergarten verbracht hätte, war es vernünftiger, nach Hause zu gehen. Sie hatte jede Menge Dinge zu erledigen.

Als sie die Tür zu ihrer Wohnung aufschloss, hoffte sie, Anna vorzufinden. Ihre Schwester war wahrscheinlich außer sich vor Sorge, weil Ursula letzte Nacht nicht nach Hause gekommen war. Aber es war nicht Anna, die in der Küche das Geschirr spülte.

„Mutter. Seit wann bist du hier?“, fragte Ursula überrascht.

Sie hatte ganz und gar vergessen, dass ihre Mutter auf der Rückreise nach Berlin gewesen war.

„Gestern Vormittag." Mutter trocknete sich die Hände an der Schürze ab, bevor sie Ursula knapp zunickte. Dann hielt sie ihre Tochter auf Armeslänge und eine Sorgenfalte erschien auf ihrer Stirn, als sie fragte: „Wo bist du gewesen? Anna meinte, du würdest vor Einbruch der Dunkelheit nach Hause kommen."

„Es tut mir so leid, Mutter, ich war auf dem Heimweg, als der Fliegeralarm losging. Ich hatte nicht genug Zeit, nach Hause zu kommen, also habe ich die Nacht in einem öffentlichen Bunker verbracht." Ursula log, ohne mit der Wimper zu zucken.

„Und in welchem?", fragte ihre Mutter und drehte sich um, um mit dem Abwasch weiterzumachen.

„Etwa auf halbem Weg vom Gefängnis aus", entgegnete Ursula. Statt in ihr Zimmer zu verschwinden und so nur noch mehr Verdacht zu erregen, griff sie nach einem Handtuch und begann, das saubere Geschirr abzutrocknen. „Ich bin froh, dass du zurück bist, Mutter. Wir haben dich sehr vermisst."

Ein Lächeln erschien auf Mutters Gesicht. „Ich habe euch auch vermisst." Eine Weile arbeiteten sie still Seite an Seite und Ursula begann, sich zu entspannen.

„Was ist mit unserem Lebensmittelvorrat passiert?", fragte Mutter plötzlich und sah ihrer Tochter fragend in die Augen.

Ursula fühlte, wie sie unter Mutters wachsamen Blick schrumpfte. „Was meinst du?"

„Die Speisekammer war voll mit Konserven und mindestens die Hälfte davon ist weg."

„Es tut mir leid, Mutter. Wir haben einige davon gegessen. Wir haben es nicht böse gemeint." Ursula widerstand dem Drang, mit den Füßen zu scharren oder wegzulaufen. Hatten sich ihre Geschwister während ihrer Kindheit so gefühlt, wenn Mutter sie gescholten hatte?

„Ursula Klausen, wie kannst du so unvernünftig sein? Ich dachte immer, du seist die Vernünftige", tadelte Mutter sie und benutzte dabei ihren Mädchennamen. Ursula ließ den Lapsus unter den Tisch fallen, um nicht Öl ins Feuer zu gießen. „Diese Vorräte waren für Notfälle gedacht. Was sollen wir tun, wenn der Nahrungsmittelvorrat knapp wird? Oder wenn dein Vater und dein Bruder nach Hause kommen? Was werden wir ihnen zu essen geben?"

Wie jede deutsche Frau sehnte sich ihre Mutter danach, dass ihr Ehemann von der Front nach Hause zurückkehrte, wenn auch nur für ein paar Tage. Und die Sorge, die sich über ihre Augen legte, zeigte ihre Furcht um ihren einzigen Sohn Richard, der im zarten Alter von siebzehn Jahren in die Hölle des Krieges geschickt worden war.

Unter ihrem strengen Äußeren hatte Mutter ein gutes Herz und sie hätte es vielleicht sogar gebilligt, einem kranken und hungernden Mann die Notfallreserven zu essen zu geben. Aber ganz sicher nicht, wenn dieser Mann der Feind war. Ursula konnte ihrer Mutter nicht die Wahrheit sagen. Nicht weil sie befürchtete, Mutter würde sie der Gestapo melden, denn das würde sie niemals tun. Aber die Worte des Priesters hallten in ihrem Kopf wider: Je weniger Menschen Bescheid wussten, desto sicherer war es – für alle Beteiligten.

„Es tut mir so leid, Mutter, es wird nicht wieder vorkommen. Wie geht es Lotte?", erkundigte sie sich, verzweifelt auf der Suche nach einem Themenwechsel.

„Deiner Schwester geht es gut, obwohl sie das Leben auf dem Land immer noch nicht mag. Meine Güte, sie beklagt sich unaufhörlich. Ich hoffe, dass sie es versteht, wenn sie älter ist." Mutter sah plötzlich erschöpft aus und Ursula erinnerte sich, warum ihre Eltern Lotte weggeschickt hatten.

Ihre jüngste Schwester war neugierig, unverblümt, unüberlegt, impulsiv und sagte immer, was sie dachte. Wenn sie hier gewesen wäre, als die Gestapo die Wohnung durchsucht hatte, hätte Frau Weber mächtig was aufs Ohr bekommen. Ursula verzog das Gesicht bei der Vorstellung, wie das ausgegangen wäre.

Und sie hätte mit eingeweiht werden wollen. Sie würde vor Aufregung auf und ab springen, froh darüber, etwas *Nützliches* in ihrem Leben zu tun. Zu Lottes eigenem Besten war sie bei Tante Lydia in diesem gottverlassenen Bauerndorf besser aufgehoben, als in Berlin unter den wachsamen Augen der Nazis.

„Macht sie Tante Lydia auch wahnsinnig?“, fragte Ursula.

„Nein. Ich denke eher, dass Lydia Lottes Possen gefallen. Lottes hitziges Temperament bietet ihr eine willkommene Abwechslung und außerdem hat sich deine Schwester als große Hilfe mit meinen Nichten und Neffen erwiesen.“

„Die habe ich schon ewig nicht mehr gesehen.“

„Wenn du Urlaub genehmigt bekommst, musst du unbedingt nach Kleindorf und sie besuchen. Dort ist es so schön und friedlich. Lydias Kinder sind niedlich, besonders die Jüngste. Sie sieht dir sehr ähnlich, als du in dem Alter warst.“ Mutter lächelte bei der Erinnerung an bessere Zeiten.

„Das werde ich, Mutter“, antwortete Ursula und hängte das nasse Geschirrtuch an einen Haken.

Es war so lange her, seit sie weiter als bis zum nächsten Tag vorausgedacht hatte. Als Andreas noch am Leben war, hatte sie von einer Familie mit drei Kindern, einem Haus am Stadtrand Berlins und einem ruhigen Leben geträumt. Als er starb, war ihre Zukunft mit ihm gestorben.

Jetzt fragte sie sich, ob sie vielleicht weit weg von zu Hause ihr Glück finden würde.

KAPITEL 19

Ursula und Mutter verbrachten den Rest des Morgens und frühen Nachmittags mit Hausarbeiten und tauschten dabei Neuigkeiten über die Familie aus. Sie putzten gründlich die Wohnung und führten eine Bestandsaufnahme in der Vorratskammer durch. Irgendwie gelang es Ursula, Essen aus der Küche direkt unter Mutters Nase in ihre Handtasche zu schmuggeln. Ermutigt von ihrem Erfolg, versuchte sie es erneut.

„Was machst du mit der Fleischkonserve?", fragte Mutter mit scharfer Stimme.

Auf frischer Tat ertappt, erstarrte Ursula und suchte verzweifelt nach einer glaubhaften Ausrede. Sie log ihre Mutter nicht gerne an. Aber ihr die Wahrheit zu sagen ... das kam noch weniger in Frage.

„Ich dachte, wir könnten deine Rückkehr heute Abend feiern und uns zum Abendessen etwas Leckeres kochen", sagte sie mit fester Stimme.

„Nein." Mutter nahm die Dose aus ihren Händen und legte sie in die Speisekammer zurück. „Habe ich dir nicht gesagt, dass wir sparsam sein müssen? Das ist unser Notvorrat für schlechte Zeiten."

Wie viel schlimmer müssen die Zeiten noch werden, damit wir unseren Notvorrat antasten dürfen? Ursula wagte es nicht, die Frage laut auszusprechen, denn sie wusste die Antwort bereits. *Um einiges schlimmer.* Ihre Eltern hatten die Hungerjahre nach dem Ersten Weltkrieg überstanden und die heutige Situation war nichts im Vergleich zu damals.

Sie würde andere Wege finden müssen, um Tom mit Essen zu versorgen. Hoffentlich nicht für lange. *Ich sollte Pfarrer Bernau aufsuchen, um herauszufinden, wie er mit seinen Vorbereitungen vorankommt.*

„Mutter, ich gehe aus", rief sie und zog Hut und Mantel an.

„Wohin, mein Schatz?"

„Zur Beichte", antwortete Ursula, während sie lange Handschuhe anzog und nach ihrer schweren Handtasche griff.

„Seit wann interessierst du dich so für Religion?", fragte Mutter und hob überrascht eine Augenbraue. Ursula hatte sich als Kind immer geziert, zur Beichte zu gehen.

„Seit kurzem. Ich habe festgestellt, dass es mir hilft, alles, was gerade passiert, besser zu ertragen", antwortete Ursula ehrlich. Dann beeilte sie sich, die Wohnung zu verlassen, bevor Mutter ihre Inquisition vertiefen konnte. „Ich bin zum Abendessen zurück. Bis später."

Auf dem Weg zu Pfarrer Bernaus Gemeinde war sie tief in Gedanken versunken. Trotz der zusätzlichen Schwierigkeiten, die Mutters Anwesenheit für ihre verräterischen Aktivitäten bedeutete, war es auch eine Entlastung. Wie schön es sein würde, nach einer anstrengenden Nachtschicht nach Hause zu kommen und das Frühstück fertig vorzufinden. Essen und ins Bett fallen, anstatt erst Lebensmittel zu organisieren und zu kochen. Aber sie und Anna mussten unter allen Umständen ihr Geheimnis bewahren. Mutter würde die Wahrheit niemals gutheißen.

Ursula fand die Kirche leer vor und ging direkt zu dem

kleinen Pfarrhaus nebenan. Sie hob die Faust und klopfte an die dunkle Holztür.

Ein sichtlich müder Pfarrer Bernau öffnete die Tür. Seine normalerweise warmen braunen Augen waren von Trauer getrübt und sie konnte nur erahnen, was für schreckliche Dinge er wieder zu sehen bekommen hatte.

Bei ihrem Anblick erhellte sich sein Gesicht. „Frau Hermann, Sie kommen genau richtig. Bitte, treten Sie ein."

„Danke, Vater, ich bin zur Beichte hier", sagte sie laut, für alle Fälle. Dann folgte sie ihm hinein und wartete, bis er die Tür schloss und ihr einen Platz in seinem Büro anbot, das auch als Besuchsraum diente.

„Vor ein paar Stunden kam das hier an." Er wedelte mit einem seltsam aussehenden Ausweis und gab ihn ihr.

„Teemu Miettunen, Mitglied der Waffen-SS?", fragte sie, als sie die Papiere mit Toms Bild darauf ansah.

„Ja. Wegen Oberleutnant Westlakes Akzent mussten wir ein bisschen erfinderisch sein. Teemu Miettunen ist ein finnischer Soldat, der sich vor zwei Jahren dem Finnischen Freiwilligen-Bataillon angeschlossen hat. Nach der Auflösung seiner Einheit vor drei Monaten entschied er sich, weiterhin in der Waffen-SS zu dienen. Leider wurde er im Kampf schwer verwundet und hat nun die ärztliche Erlaubnis, zusammen mit einer Krankenschwester *nach Hause* nach Finnland zurückzukehren."

Ursula konnte sich nicht alle Details merken, die sich der Priester und seine Helfer für Toms neue Identität ausgedacht hatten.

„Machen Sie sich keine Sorgen. Hier ist ein Blatt Papier mit allen Details. Sagen Sie Westlake, er soll es auswendig lernen und das Papier verbrennen. Ihre Aufgabe ist es, ihn morgen früh um neun Uhr zum Bahnhof Zoo zu bringen und dort unserer Krankenschwester zu übergeben. Sie wird ihn nach Rostock begleiten, wo er ein Schiff nach Schweden besteigen wird."

„Ich kann ihn morgen früh zum Bahnhof Zoo begleiten, aber

… er spricht kein Finnisch und er ist auch nicht blond", beharrte Ursula.

„Sie sind schon zu lange von der nationalsozialistischen Rassenethnologie indoktriniert worden. Obwohl viele Finnen blond und blauäugig sind, gibt es auch einige mit dunklen Haaren. Genauso wie es Deutsche mit dunklen Haaren gibt. Was die Sprache angeht, könnte das ein Problem sein", gab Pfarrer Bernau zu, bevor sich sein Mund zu einem breiten Lächeln verzog, „aber ich vertraue auf die Tatsache, dass auch sonst niemand in Deutschland Finnisch spricht. Die Polizei kann seinen englischen Akzent nicht von einem finnischen unterscheiden und weiß höchstwahrscheinlich nicht einmal, dass dieses Land existiert. Es ist die beste Lösung, die wir finden konnten."

„Ich nehme an, es ist besser, als ihn weiter im Schrebergarten zu verstecken. Meine Mutter ist angekommen und es ist fast unmöglich geworden, Lebensmittel aus dem Haus zu schmuggeln." Ursula wickelte sich eine blonde Strähne um den Finger.

„Es wird alles gutgehen, solange er sich an den Plan hält und nur dann etwas sagt, wenn er gefragt wird." Er legte seine Hände auf ihre Schultern und sah ihr in die Augen. "Nun, mein Kind, sind sie bereit, dies zu tun?"

Nein. „Ja", antwortete sie mit zittriger Stimme.

„Dann verstecken Sie diese Papiere unter Ihrem Mantel und überbringen Sie unserem Patienten die gute Nachricht."

Ursula nickte und verließ das Haus des Priesters. Auf dem Weg zur Schrebergartenanlage brannten die falschen Papiere ein Loch in ihre Haut, dort, wo sie die sorgfältig gefalteten Zettel in ihrem Büstenhalter aufbewahrte. Die Angst beschleunigte ihre Schritte und sie ermahnte sich, eine aufrechte Haltung und ein selbstbewusstes Gesicht aufzusetzen, wenn sie einem Passanten begegnete. Auch wenn sie insgeheim befürchtete, jeder könnte direkt durch ihre Schichten von Kleidung starren und die versteckten Papiere entdecken.

Falsche Dokumente. Das allein genügte, um sie zum Tode zu verurteilen.

Atemlos erreichte sie kurz vor Einbruch der Dunkelheit die Parzelle und fand Tom, wie er sich um seinen verletzten Oberschenkel kümmerte. Die Wunde heilte gut und die schwarzen Knoten von Annas Fäden hoben sich von neuer pinkfarbener Haut ab.

Röte erhitzte ihre Wangen, als sie ihn so erblickte, lediglich mit seiner Unterhose und einem weißen Unterhemd aus Baumwolle bekleidet, das seine breiten Schultern und seine schmalen Hüften betonte. Ursula schloss entsetzt die Augen und öffnete sie erst, als er leise lachte.

„Bin ich so hässlich?“, scherzte Tom, amüsiert über ihre Verlegenheit. Er hatte vielleicht ausreichend Erfahrung damit, junge Frauen in seine Arme und sein Bett zu kriegen, aber sie war es nicht gewohnt, Männer in Unterwäsche zu sehen.

„Nein … ich … Kannst du dich wieder anziehen?“, stammelte sie.

„Natürlich. Meine Kleider sollten inzwischen trocken sein. Ich habe sie letzte Nacht gewaschen.“ Er ging zu der Stelle, an der er die Kleidungsstücke über den Fensterrahmen gehängt hatte, und sie konnte nicht anders, als das Spiel seiner Rückenmuskeln zu bemerken. Es war besser für alle, wenn er am nächsten Tag fortging.

Sie beschlossen, sich dort zu treffen, wo der Weg zu den Schrebergärten von der Hauptstraße abzweigte. Dann sollte er ihr mit ein paar Schritten Abstand folgen, bis sie ihn an die Frau übergab, die sich als seine Krankenschwester ausgab. Die Krankenschwester würde als Erkennungszeichen eine finnische Anstecknadel am Revers tragen.

~

Am nächsten Morgen verließ Ursula die Wohnung mit klopfendem Herzen. Wenige Minuten später war sie bereits in Angstschweiß gebadet. Anstatt die Strecke zu laufen, fuhr sie drei Haltestellen mit der Elektrischen in Richtung Charlottenburg, nahm dann einen Bus in die entgegengesetzte Richtung und stieg ein paar hundert Meter von ihrem Treffpunkt entfernt aus. Sie entdeckte Tom bereits von weitem, als er hinter der Hecke hervortrat, die den Eingang zu den Schrebergärten flankierte.

Ohne nachzudenken, hob sie die Hand zum Gruß, fing sich aber rechtzeitig und fuhr sich stattdessen durch die Haare. Der Plan war, so zu tun, als ob sie sich nicht kannten. Pfarrer Bernau hatte darauf bestanden, dass es weniger riskant sei. Falls Tom Verdacht erregen sollte, könnte sie immer noch unbehelligt davonkommen.

Trotz der Vorsichtsmaßnahmen wurde ihre Angst mit jeder Minute größer und die scheinbar leichte Aufgabe, ihn zum Treffpunkt am Bahnhof Zoo zu bringen, wuchs zu einer schier unüberwindlichen Herausforderung. Endlich erreichten sie ihr Ziel und Ursula entdeckte die verkleidete Krankenschwester, die sich gerade mit zwei Zugfahrkarten in der Hand vom Fahrkartenschalter entfernte.

Tom hatte Ursula in der Menge der Leute eingeholt und sie raunte ihm zu: „Siehst du diese Frau dort drüben? Sie muss es sein."

„Ja, ich kann eine finnische Anstecknadel an ihrem Revers sehen. Auf Wiedersehen und vielen Dank für alles."

Ursula konnte nicht widerstehen und drückte kurz seine Hand, bevor sie sich von ihm abwandte. Im selben Moment entdeckte die Krankenschwester Tom und nickte kaum sichtbar. Sie hatte noch immer ein paar Schritte bis zur Schranke vor sich, an der zwei uniformierte Männer die Papiere und Fahrkarten kontrollierten.

„Papiere und Fahrkarten, bitte", sagte eine tiefe Stimme.

„Bitte", antwortete die Krankenschwester und reichte dem Polizisten ihre Dokumente.

Als er sie zurückgab, fiel sein Blick auf das Abzeichen auf ihrem Revers und er strahlte. *„Hyvää päivää.* Es ist selten, eine Finnin zu treffen. Meine Großmutter stammt von dort oben."

Die Krankenschwester geriet in Panik, ließ auf der Stelle alles fallen und rannte davon. Aber der Polizist blies in seine Trillerpfeife und innerhalb von Sekunden schwärmten Dutzende uniformierte Männer durch den Bahnhof.

Ursula beobachtete mit wachsendem Entsetzen, wie sie die Krankenschwester verfolgten und sich auf sie stürzten, während sie schrie und um sich trat. Einer der Polizisten holte seinen Schlagstock heraus und kurz darauf prasselte Schlag um Schlag auf sie ein, bis sie auf dem Boden lag und ihre qualvollen Schreie durch die Bahnhofshalle hallten.

Ursula stand da und betrachtete das schaurige Spektakel, unfähig, sich zu bewegen. Sie vergaß alles um sich herum, einschließlich der Gefahr für sich selbst, bis jemand sie ruckartig an der Hand zog. Sie verlor das Gleichgewicht und stolperte gegen Tom, der einen Arm um ihre Taille legte und sie von dem Geschehen wegzog. Sie setzte einen Fuß vor den anderen, dankbar für seinen stählernen Griff, der verhinderte, dass ihre Knie nachgaben.

„Lächeln!", befahl er und Ursula gehorchte. Sie warf der Menge ein schwaches Abbild ihres üblichen fröhlichen Strahlens zu, während sie die hässliche Szene hinter sich ließen. Sie passierten die Ausgangstür Sekundenbruchteile, bevor die SS damit fertig war, die falsche Krankenschwester zu verprügeln, und damit begann, nach der Person zu suchen, der die zweite Fahrkarte gehörte.

Mit jedem Schritt, den sie sich von der schrecklichen Szene entfernte, wurden Ursulas Schritte kraftvoller und ihr Lächeln weniger gezwungen. Tom ließ ihre Taille los und sie gingen schweigend nebeneinander zur nächsten Bushaltestelle.

„Ich werde es Pfarrer Bernau berichten. Er wird wissen, was zu tun ist“, murmelte sie. „Ich muss jetzt ins Gefängnis. Findest du den Weg zurück zum Schrebergarten, wenn ich dich an der nächstgelegenen Bushaltestelle absetze?“

„Bestimmt.“

Sie glaubte ihm, aber ihre Gedanken rasten voller Panik. Die falsche Krankenschwester könnte Toms echten Decknamen verraten … oder Pfarrer Bernau … oder … Mit Sicherheit konnten sie nicht noch einmal dieselbe Finte versuchen.

Als sie einen tiefen Seufzer ausstieß, drehte sich Tom zu ihr um. „Mach dir keine Sorgen um mich. Ich habe Schlimmeres durchgemacht.“

Sie gab ihm den Schlüssel zum Tor der Gartenanlage und flüsterte: „Es ist wahrscheinlich am besten, wenn ich nicht mehr zum Schrebergarten komme. Meine Mutter ist misstrauisch genug und je weniger Zeit wir miteinander verbringen oder hier herumschleichen, desto sicherer ist es für uns beide.“

„Das sehe ich genauso.“ Er schaute stur geradeaus und sie stiegen zusammen aus dem Bus aus.

„Erinnerst du dich an den riesigen Rhododendron, der den Eingang zu den Schrebergärten markiert? Ich stelle jeden Tag ein Essenspaket darunter, bis wir einen anderen Plan haben. Du kannst dich nachts hinausschleichen, um es dir zu holen.“

„Danke.“ Er nickte und ging, als wären sie Fremde, die niemals ein Wort miteinander gewechselt hatten.

KAPITEL 20

Ursula verrichtete ungeduldig ihre Arbeit und sehnte sich nach einer Gelegenheit, mit dem Priester zu sprechen. Am Nachmittag entdeckte sie ihn schließlich während der Stunde Freigang. Der Zeitpunkt war alles andere als ideal, aber sie musste ihm Bescheid geben.

Mit einem Blick auf die Häftlinge und Wachen, die im Innenhof umhergingen, grüßte sie: „Guten Tag, Pfarrer Bernau, ist das heute ein schrecklicher Tag!"

Er schien nicht überrascht zu sein, vielleicht hatte er bereits die grauenvollen Neuigkeiten erhalten. „Ich weiß, Frau Hermann, ich weiß. Aber wir müssen in Gott vertrauen. Ich lade sie ein, zum Gottesdienst in unsere Kirche zu kommen."

Ursula nickte, nicht sicher, was er von ihr wollte.

„Also, sehe ich Sie am Sonntag zur Beichte in der Kirche?", fragte er noch einmal nach.

Sie nickte verstehend. „Ja, Herr Pfarrer."

Sonntag, das war in drei Tagen. Hoffentlich würde er bis dahin einen anderen Plan haben, Tom aus dem Land zu schaffen.

An diesem Abend kam Ursula am Eingang zu den Schrebergärten vorbei und versteckte dort einen Teil der Lebensmittel, die sie mit ihren Marken gekauft hatte. Die Dinge waren noch komplizierter geworden.

Sie beschloss, nach Hause zu gehen und die Ereignisse des Tages hinter sich zu lassen. Der misslungene Versuch, Tom zum Zug zu bringen, nagte an ihrem Inneren, ebenso wie die Aussicht, drei Tage warten zu müssen, bis sie den Priester besuchen und herausfinden konnte, was als Nächstes geplant war.

Ihr Leben lang war sie stolz darauf gewesen, alle Hindernisse, die das Schicksal ihr in den Weg gestellt hatte, klaglos zu erdulden, alle Dinge, die von ihr verlangt wurden, mit Würde und Geduld zu erfüllen. Ihre derzeitige Angst war eine neue Erfahrung, die sie verunsicherte, aber auch insgeheim faszinierte.

„Hallo Mutter, ich war schon einkaufen", rief sie von der Tür aus.

„In der Küche", antwortete ihre Mutter.

Ursula trat in die Küche und ließ vor Schreck beinahe die Einkaufstasche zu Boden fallen. Mutter saß am Küchentisch und trank mit Frau Weber Tee. Soweit Ursula zurückdenken konnte, mochte ihre Mutter die neugierige Nachbarin genauso wenig, wie ihre Töchter das taten.

„Guten Abend, Frau Weber", sagte sie mit zusammengepressten Lippen und packte die Vorräte aus, die sie eingekauft hatte.

„Ich habe Ihrer Frau Mutter gerade von dem Tag erzählt, als der Einbrecher hier war", sagte Frau Weber, „und wie seltsam es war, dass nichts gestohlen wurde."

Bevor Ursula etwas zu ihrer Verteidigung stammeln konnte, nahm Mutter die Sache selbst in die Hand.

„Wir können nur dankbar sein, dass meinen Mädels nichts passiert ist. Der Einbrecher muss nach etwas Bestimmtem gesucht und es nicht gefunden haben, oder er hat gespürt, dass er bemerkt wurde", sagte Mutter bestimmt.

Frau Weber schüttelte den Kopf. „Hmm. Ich bin mir nicht sicher. Es war etwas faul an der Sache."

„Frau Weber, ich würde es begrüßen, wenn Sie meine Kinder nicht des unangemessenen Verhaltens beschuldigen würden, insbesondere wenn Sie keine Beweise haben. Haben Sie nicht selbst gesagt, dass die Gestapo nichts gefunden hat? Ich würde vermuten, dass es wahrscheinlicher ist, dass Sie sich die Sache nur eingebildet haben."

Die Nachbarin sah aus, als hätte sie in eine Zitrone gebissen, und stand auf, ohne ihren Tee ausgetrunken zu haben. „Ich gehe jetzt besser, Gute Nacht."

In der Sekunde, in der die Tür hinter Frau Weber ins Schloss fiel, wandte sich Mutter ihrer Tochter zu. „Nun, Ursula. Ich bin mir verflixt sicher, dass sich Frau Weber nichts eingebildet hat. Sie mag neugierig sein, aber sie ist *nicht* verrückt. Und ich stimme zu, es ist ziemlich offensichtlich, dass hier nicht eingebrochen wurde. Ich erwarte eine Erklärung."

Mutters Teetasse zitterte in ihrer Hand und beim Abstellen klirrte das Porzellan gegen die Untertasse. Ursula wurde wieder zu einem sechsjährigen Mädchen, das von seiner Mutter geschimpft wurde. Sie durfte ihrer Mutter nicht die Wahrheit sagen, aber es fiel ihr auch schwer zu lügen. Sie druckste herum und suchte nach einer plausiblen Erklärung.

Die Stille zog sich in die Länge.

„Ursula!", beharrte Mutter auf einer Erklärung.

„Es tut mir leid. Es war nichts Schlimmes, ehrlich. Ein Freund brauchte eine Unterkunft für eine Nacht. Wir wollten nur helfen." Sie wählte die Worte sorgfältig aus, darauf bedacht, weder zu lügen noch ihr Geheimnis preiszugeben.

Mutter warf ihr einen Blick zu, der deutlich zeigte, dass sie kein einziges Wort glaubte, aber als sie Ursulas fest zusammengepresste Lippen sah, seufzte sie. „Glaub mir, ich würde dich in diesem Moment aufs Land schicken, wenn ich könnte. Seit wann bist du so verantwortungslos wie Lotte?"

Die Tür knarrte und Anna rief: „Hallo, ich bin zu Hause."

Sie kam in die Küche und brauchte nur einen Blick auf ihre Gesichter zu werfen, um zu wissen, was los war. Sie küsste beide Frauen auf die Wangen und warf Ursula einen fragenden Blick hinter Mutters Rücken zu.

Als sie mit dem Abendessen fertig waren und das Geschirr abgewaschen hatten, zog sich Mutter in ihr Zimmer zurück.

„Worum genau ging es denn?", fragte Anna beunruhigt.

„Lass uns spazieren gehen", schlug Ursula vor. Sie gingen mit untergehakten Armen um den Block, immer auf der Hut vor unerwünschten Zuhörern, während Ursula von den Ereignissen des Tages berichtete. Sie begann mit der Szene am Bahnhof und endete mit Frau Webers Anschuldigungen und dem anschließenden Gespräch mit Mutter.

„O Gott, glaubst du, sie hat es geschluckt?"

„Kein bisschen, aber sie bohrte nicht weiter nach. Sie muss gespürt haben, dass die Wahrheit nichts ist, was sie wirklich wissen will." Ursula warf ihre blonden Locken über die Schulter.

„Ende gut, alles gut." Anna verstummte, aber Ursula kannte ihre Schwester zu gut. Etwas belastete sie.

„Was ist?", fragte Ursula.

„Nichts."

Sie hatten die Abzweigung zu ihrem Wohnhaus erreicht und würden innerhalb einer Minute zur Eingangstür gelangen, falls sie nach rechts abbogen. Ursula zog den Arm ihrer Schwester nach links. Anna seufzte.

„Klingt für mich nicht nach nichts", sagte Ursula. Angst und Beklemmung hielten sie fest im Griff, aber sie würde lieber sterben, als nicht zu versuchen, ihrer Schwester zu helfen.

„O Gott, Ursula, es ist schrecklich." Anna schluchzte. „Ich habe mich gefragt, warum es eine so ungewöhnlich hohe Anzahl an Todesfällen im Krankenhaus gibt. Ich meine, die Patienten sind oft schwer krank, aber die Zahl der Verstorbenen ist in den letzten Monaten in die Höhe geschossen."

„Es ist nicht deine Schuld, weißt du." Ursula wusste, dass ihre Schwester bei jedem Verlust eines Patienten litt und sich oft die Schuld dafür gab, nicht genug getan zu haben.

„Ich wünschte, es wäre so. Heute hab ich mitgehört, wie einer der Ärzte der Oberschwester befahl, im Krankenhaus Platz zu machen ... indem ... wie hat er es ausgedrückt? „... diejenigen, für die kaum Hoffnung auf Besserung besteht, für einen Transport an einen anderen Ort auszuwählen.' Als sie protestierte, dass diese Patienten nicht transportfähig sind, meinte er, das spiele keine Rolle. Es würde nur Arbeit sparen, wenn sie während des Transports sterben."

Stille breitete sich aus. Die schreckliche Erkenntnis nahm Ursula den Atem. „Nein, das ist unmöglich, Anna, das musst du falsch verstanden haben." Aber tief im Inneren wusste sie, dass es möglich war. Sogar wahrscheinlich.

„Ich sage dir, es ist die Wahrheit. Sie heilen die Patienten nicht, sie ermorden sie." Annas Stimme wurde ärgerlich und Ursula legte eine beruhigende Hand auf ihren Arm.

„Pst. Niemand würde so grausam sein." Sie hoffte so sehr, dass es nicht wahr wäre, aber je länger sie darüber nachdachte, desto weniger überraschte sie Annas Verdacht. Hatte sie nicht selbst heute Morgen die Brutalität der Nazis mit angesehen? Eine Frau zu verprügeln, bis sie bewusstlos war? Gefangene in der Prinz-Albrecht-Straße zu foltern? Dieses Wissen hatte sie schon immer gequält, aber sie hatte es damit gerechtfertigt, dass es sich dabei um Kriminelle handelte. Es musste getan werden, um unschuldige Bürger wie sie vor Terror und Verfolgung zu schützen.

„Ursula, du verstehst nicht. Alles passt zusammen. Es gab Unstimmigkeiten, die ich monatelang beobachtet habe, aber über die ich nie wirklich nachgedacht habe. *Das* ist das Einzige, was alles erklärt." Anna redete sich in Rage. „Verlasse deine perfekte Welt für einen Moment und denke nach! Denk an all die schrecklichen Dinge, die passieren, und erklär' mir dann, wie es nicht wahr sein kann."

Ursula wusste, dass ihre Schwester recht hatte. Nach den schrecklichen Massenhinrichtungen im Gefängnis und den anhaltenden Gerüchten über die Ermordung von Asozialen in den KZs war dies nur ein weiteres hässliches Puzzleteil des großen Ganzen, worum es bei den Nazis wirklich ging. Sie hatte es verleugnet und ihre Augen und Ohren vor allem verschlossen, was nicht zu ihrer heilen Welt passte. Aber die abscheulichsten Verbrechen hatten die ganze Zeit über direkt vor ihrer Nase stattgefunden.

Gefangene foltern. Frauen und Kinder auf offener Straße niederknüppeln. Minderjährige Knaben an die Front schicken. Ganze Bevölkerungsschichten verfolgen und verschwinden lassen. Ursula schluckte und legte eine Hand über ihr Herz. „Was ist, wenn du recht hast?", fragte sie mit zitternder Stimme.

„Es ist an der Zeit, dass wir unsere heile Welt verlassen und die Nazis so sehen, wie sie wirklich sind: Monster, die abartiger sind als der Teufel höchstpersönlich. Ich hasse es, das zu sagen, aber Lotte hatte die ganze Zeit über recht. Wir müssen uns dem entgegenstellen, was in unserem Land vor sich geht. Nicht nur weil wir Mitleid mit einem feschen Kerl haben oder weil wir zu tief drinstecken, um noch auszusteigen, sondern weil es das Richtige ist. Unsere Loyalität sollte nicht mehr bei diesen Monstern liegen – wir müssen endlich auf unser Gewissen hören."

Ursula starrte Anna an, hin- und hergerissen zwischen dem Wunsch, weiter so zu leben wie bisher, und dem Drang, das moralisch Richtige zu tun. Wie oft hatte sie die Kriegshärten und ihre schreckliche Arbeit beklagt, aber im Vergleich zu den vergangenen Wochen war das ein Kinderspiel gewesen.

„Es ist nicht so einfach, wie du denkst. Erstens haben wir keinen Beweis dafür, dass diese Morde wirklich geschehen ..." Sie hielt inne und tippte sich mit dem Finger auf die Lippe. Sie brauchten eigentlich keine Beweise mehr. Sie hatten genug Gräueltaten mit ihren eigenen Augen gesehen. „Aber selbst wenn es so wäre, ist Deutschland immer noch unsere Heimat. Hitler ist immer noch unser rechtmäßiger Führer. Wie können wir uns außerhalb der Gesetze bewegen? Unser Vaterland verraten?“

„Denk an all die Menschen, die jeden Tag getötet werden. Hitler hat gerade bekannt gegeben, dass Berlin judenfrei ist, aber wo, glaubst du, sind die alle hin? Ins Konzentrationslager?“

„Nein … die wurden umgesiedelt. Irgendwohin. Nach Polen. Um ein neues Leben außerhalb Deutschlands zu führen, wo sie unserem Land nicht schaden können.“

Anna schnaubte. „Du glaubst immer noch an diese Scheiße? Nach all dem, was du mit eigenen Augen gesehen hast? Nach den beunruhigenden Neuigkeiten, die der Priester dir erzählt hat?“

Ursula sträubten sich die Haare und sie verteidigte ihre Sicht der Welt. „Pfarrer Bernau war nicht persönlich dort. Er weiß es nur vom Hörensagen.“ Anna konnte ihr gesamtes Glaubenssystem doch nicht einfach mit ein paar Worten niederreißen. Das würde sie nackt, schutzlos und unsicher zurücklassen, ohne dass sie sich an irgendetwas festhalten konnte. Wie sollte sie ohne Regeln leben, die ihr vorschrieben, was zu tun sei – und was nicht? Was würde mit ihrem geliebten Land geschehen, wenn alle das täten, was sie wollten, und die Gesetze missachteten? War das nicht der erste Schritt ins totale Chaos? Der Untergang für alle und nicht nur für ein paar wenige?

„Nimm deine Scheuklappen ab und sieh die Dinge so, wie sie wirklich sind!“ Annas Stimme schrillte vor Aufregung. „Was passiert deiner Meinung nach mit den Menschen, die umgesiedelt werden? Sie werden abgeschlachtet, Ursula.“

„Pst, jemand könnte uns hören“, warnte Ursula ihre Schwester. Gleichzeitig fühlte sie sich schmutzig. Beschämt, weil sie weder gewusst hatte, was geschah, noch versucht hatte, es herauszufinden. Wie eine gute, gehorsame Bürgerin, Tochter und Frau hatte sie die Gewalt ignoriert und geglaubt, was die Propaganda ihr tagaus tagein einflößte.

„Siehst du, was ich meine? Wir können nicht einmal mehr unsere Meinung sagen. Wir haben Angst, ins KZ geworfen zu werden für das Verbrechen, unsere Unzufriedenheit zu äußern. *Das* ist nicht mehr unser Deutschland. Das ist ein Unrechtsregime und ich für meinen Teil möchte nichts mehr damit zu tun haben. Du etwa?“ Anna starrte sie wütend an.

Nein, dachte Ursula, aber sie hatte zu viel Angst, es laut auszusprechen.

KAPITEL 21

Am Sonntagmorgen berichtete das Radio über Pläne, alle Zivilisten in Hamburg, die nicht direkt für die Kriegsproduktion benötigt wurden, nach Rügen zu evakuieren. Die zweitgrößte Stadt Deutschlands war vor einiger Zeit das Ziel eines grauenvollen Angriffs der englischen und amerikanischen Bomberstaffeln gewesen.

Der Luftangriff wurde Operation Gomorrha genannt und soweit sich Ursula – oder sonst jemand – erinnerte, war es die schrecklichste und verheerendste Bombardierung gewesen, die jemals geflogen worden war. Abgesehen davon dass mehr als vierzigtausend Zivilisten getötet und siebenunddreißigtausend verwundet worden waren, hatte der durch die Bomben verursachte Feuersturm den größten Teil der Stadt zerstört.

Eine ihrer ehemaligen Häftlinge – Hilde Quedlin, möge sie in Frieden ruhen – hatte von ihren Verwandten in Hamburg einen Brief mit einer detaillierten Beschreibung der schrecklichen Ereignisse erhalten. Der ungewöhnlich heiße und trockene Sommer hatte dazu beigetragen, dass die Bomben einen Effekt verursacht hatten, den man noch nie zuvor erlebt hatte. Ursula hatte die Details nicht genau verstanden, aber anscheinend hatten die trockenen Gebäude und Bäume sofort Feuer gefangen, was eine Windhose aus heißer Luft ausgelöst hatte. Dadurch war ein Wirbelsturm entstanden, der durch die Stadt getobt und eine Spur völliger Verwüstung auf seinem Weg hinterlassen hatte. Der Asphalt auf den Straßen war in Flammen aufgegangen, ebenso wie das ölgesättigte Wasser der vielen Kanäle und des Hafens. Augenzeugen berichteten, dass Menschen direkt vor ihnen wie Laub in das Feuer gesaugt worden waren und verzweifelt gekreischt hatten, während sie bei lebendigem Leibe verbrannt wurden.

Die meisten Todesfälle ereigneten sich jedoch nicht aufgrund von Verbrennungen, sondern in der trügerischen Sicherheit der unterirdischen Luftschutzbunker. Das oberirdisch tobende Feuer verbrauchte allen Sauerstoff und die Menschen in den Kellern erstickten. Ursula schauderte bei dem Gedanken an den Erstickungstod und räusperte sich unwillkürlich.

Als sie ihre Hausarbeit beendet hatte, zog sie ihr bestes Kleid an, das sie an ihrer Hochzeit getragen hatte, zusammen mit Hut und Handschuhen.

„Mutter, Anna, ich gehe in die Kirche", rief sie und verließ die Wohnung. Nach Mutters Rüge wagte Frau Weber es nicht mehr, sie offen zu belästigen, aber wie immer hörte Ursula das verräterische Klicken des Türspions.

Nach der Messe sprach Pfarrer Bernau mit vielen seiner Gemeindemitgliedern und gab jedem ein paar ermutigende Worte mit auf den Weg. Ursula wartete ungeduldig, bis sie an der Reihe war.

„Frau Hermann, schön, Sie zu sehen. Kommen Sie doch in zehn Minuten zu mir ins Büro, um die Einzelheiten für den Gedenkgottesdienst Ihres verstorbenen Mannes festzulegen."

„Natürlich, Herr Pfarrer, danke für Ihre Güte", sagte sie und wartete an der Tür zur Sakristei, die eine Verbindung zum Pfarrhaus hatte.

Zehn Minuten später hatte sich die Kirche geleert und er kam, um sie in sein Büro zu führen. Nachdem er die Tür sorgfältig geschlossen hatte, forderte er sie auf, sich zu setzen.

„Haben Sie Neuigkeiten für mich?", platzte sie heraus.

Pfarrer Bernau lachte leise. „Gut Ding will Weile haben. Aber ja, ich habe einen Plan. Er ist bei weitem nicht ideal, aber wahrscheinlich unsere einzige Chance. Aber nur … wenn Sie damit einverstanden sind."

„Ich? Natürlich", antwortete Ursula. Ihre Füße trippelten nervös auf dem Parkettboden.

„Hören Sie mir zuerst zu und entscheiden Sie dann."

Sein autoritärer Ton verursachte Gänsehaut auf ihren Armen. „Gut."

„Manchmal schickt Gott uns eine Gelegenheit, die sich erst offenbaren muss. Unsere Aufgabe ist es, zuzuhören und zu verstehen. Nachdem im Radio gesagt wurde, dass die Einwohner von Hamburg in Hitlers nicht fertiggestelltes Luxushotel in Prora auf Rügen evakuiert werden sollen, hatte ich eine Idee. Oberleutnant Westlake kann sich als ausgebombter Hamburger ausgeben."

„Aber sein Akzent … Sie werden nie glauben, dass er ein Deutscher ist", protestierte Ursula.

Der Priester nickte. „Deshalb ist er taubstumm. Ein Kriegsschaden. Er wurde wegen schwerer Verletzungen von der Ostfront nach Hause geschickt. Wenn es Ihnen gelingt, mit den anderen Zivilisten nach Prora zu kommen, wartet in Saßnitz in drei Tagen ein Handelsschiff auf ihn, das nach Trelleborg in Schweden segelt."

„Aber wie können wir all das ohne Papiere bewerkstelligen?", fragte Ursula verwirrt. Sie hörte für einen Moment auf, mit ihren Füßen zu trippeln, und versuchte, die Worte des Priesters sacken zu lassen. Es ergab einfach keinen Sinn.

„Hier kommen Sie ins Spiel. Ich muss Sie jedoch warnen, es ist äußerst riskant.“ Pfarrer Bernau lehnte sich in seinem Stuhl zurück und faltete die Hände wie im Gebet über dem Bauch. „Wenn Sie mit ihm als seine *Ehefrau* reisen, könnte es funktionieren. Er bekommt die Papiere Ihres verstorbenen Mannes. Falls Sie einverstanden sind, kann ich das Foto rechtzeitig austauschen lassen.“

Sie fühlte, wie das Blut ihren Kopf verließ, und starrte auf ihre Zehen.

„Überstürzen Sie Ihre Entscheidung nicht. Sie ist schwerwiegend. Wenn Sie erwischt werden, wird nichts und niemand Sie beide retten können. Nicht ihn. Und Sie selbst ebenfalls nicht“, ermahnte sie der Priester.

„Ich werde es tun“, flüsterte sie.

Ursula verließ den Priester, entschlossen, den Plan in die Tat umzusetzen, bevor sie die Nerven verlor und ihre Meinung änderte. Sie fuhr mit dem Bus in die Schrebergärten, lief direkt zu der kleinen Parzelle ihrer Familie. Damit setzte sie sich über die Vereinbarung hinweg, einen Zettel mit Anweisungen zu hinterlassen. Aber dies war zu dringend.

„Tom! Öffne die Tür, ich bin es, Ursula“, flüsterte sie eindringlich, als sie an die Tür des Schuppens klopfte. Er streckte den Kopf heraus und sah aus, als wäre er gerade aufgewacht. Da er tagsüber nicht hinausgehen konnte, verbrachte er seine Tage mit Schlafen und seine Nächte damit, alles das zu tun, was anlag.

Ursula drängte sich hinein, denn sie wollte nicht, dass jemand ihre Anwesenheit bemerkte.

„Verdammt, Ursula, du hast mich erschreckt. Ich dachte, wir wären uns einig, dass du nicht mehr hierherkommst“, sagte Tom und gähnte.

„Ich weiß, aber ich konnte nicht warten. Übermorgen werden wir es erneut versuchen.“ Sie atmete schwer und brachte kaum die Worte heraus.

„Komm. Setz dich und hol erstmal Luft. Möchtest du etwas

Wasser?" Er ging zu dem Schrank, in dem er eine Karaffe mit Wasser aufbewahrte.

Ursula setzte sich und atmete durch. Dann erläuterte sie den neuen Plan. Tom hörte aufmerksam zu. Als sie ihre Erklärungen beendet hatte, sah er sie lange an und schüttelte dann den Kopf. „Nein. Das ist zu gefährlich."

„Aber es ist eine einmalige Chance. In drei Tagen läuft ein Handelsschiff aus. Es wird dich nach Schweden bringen", flehte Ursula ihn an.

„Nein. Ich werde nicht zulassen, dass du dein Leben für mich riskierst", sagte er mit verschränkten Armen, breitbeinig dastehend.

„Was habe ich denn bis jetzt getan?", fragte sie. „Ich bin erst wieder in Sicherheit, wenn du außer Landes bist. Die Gestapo ist nicht dumm und solange du in Deutschland weilst, bist du eine Bedrohung für mein Leben."

Er starrte sie lange an und sagte dann: „Also gut. Was passiert als Nächstes?"

„Ich werde dir etwas mehr über Andreas erzählen. Immerhin wirst du er sein." Sie kicherte verlegen und wünschte sich für einen Moment, er könnte wirklich ihr Ehemann werden und nicht nur so tun als ob.

Sie setzten sich an den Tisch und sie erzählte ihm alles, was es zu wissen gab. Dann erinnerte sie ihn daran, dass er, sobald er die Schrebergärten verließ, vorgeben musste, stumm und taub zu sein.

„Wir treffen uns übermorgen um sieben Uhr an der Bushaltestelle. Komm nicht zu spät", sagte sie, als sie sich auf den Heimweg machte.

„Wie könnte ich eine so schöne Frau warten lassen?", neckte er und das Blut schoss in ihr Gesicht. Wenn sie die Zeit gehabt hätte, den Plan gut zu durchdenken, hätte sie sich geweigert. Nun war es zu spät.

In dieser Nacht erzählte sie Anna von dem Plan. Ihre

Schwester schien nicht entscheiden zu können, ob sie Ursulas Mut bewundern oder ihre geistige Gesundheit infrage stellen sollte.

„Gott hilf uns. Ich werde keinen Moment Ruhe haben, bis du zurückkommst." Anna schlang ihre Arme um ihre Schwester. Sie klammerten sich aneinander wie Schiffbrüchige an eine Rettungsboje.

„Anna. Ich werde zwei Tage weg sein. Was sollen wir Mutter erzählen?", flüsterte Ursula.

„Sei froh, dass du mich hast", sagte Anna. „Im Krankenhaus suchen sie Freiwillige, um die Evakuierten zu begleiten. Wir werden ihr sagen, dass du genau das tust. Und es ist nicht einmal gelogen ..."

Am nächsten Morgen erzählten sie Mutter von Ursulas ehrenamtlicher Aufgabe.

„Ich verstehe nicht, warum du das tun musst." Mutter schüttelte den Kopf. „Wo wirst du schlafen?"

„Mutter, ich bin sicher, man kümmert sich um uns", antwortete Ursula.

„Vielleicht sollte ich den zuständigen Beamten anrufen, um dich ihm anzuempfehlen", erwiderte ihre Mutter besorgt und trocknete sich die Hände an der Schürze, als wollte sie jetzt sofort telefonieren.

Ursulas Beine waren kurz davor, unter ihr nachzugeben, und sie wäre vielleicht ohnmächtig geworden, wenn ihre Schwester nicht eingegriffen hätte.

„Mutter, bitte. Ursula ist erwachsen. Wie wird das aussehen, wenn ihre Mutter anruft, um nachzufragen, ob sie gut aufgehoben ist?"

„Ich weiß nicht ..."

„Es ging uns gut, als du weg warst. Es ist wirklich keine große Sache." Ursula versuchte, die Ängste ihrer Mutter zu beruhigen.

„Da wir gerade davon sprechen ... Ich weiß, wie sehr ihr

beide Gartenarbeit hasst, deswegen habe ich vor, heute Nachmittag im Schrebergarten nach dem Rechten zu sehen."

„Du kannst nicht ...", platzte es aus Ursula heraus, bevor sie ihre Entgleisung bemerkte und mit ruhigerer Stimme fortfuhr. „Du bist gerade erst angekommen und du musst erschöpft sein."

„Ich bin vor über einer Woche angekommen." Mutter presste die Lippen zu einer dünnen Linie zusammen.

„Ursula und ich haben uns um alles gekümmert. Es gibt nichts zu tun." Anna kam ihrer Schwester zu Hilfe, aber ohne Erfolg. Wenn überhaupt, hatte sie es geschafft, den Verdacht ihrer Mutter zu verstärken.

Mutter stemmte beide Hände in die Hüften und starrte ihre Töchter an. „Was genau versteckt ihr vor mir?"

Ursula wand sich unter dem prüfenden Blick. „Das kann ich nicht sagen. Und zu deinem eigenen Besten solltest du es lieber nicht wissen. Bitte, kannst du noch einen Tag warten? Ich verspreche, bis dahin ist alles vorbei." Ursula rang die Hände und betete, dass ihre Mutter zustimmte.

Mutter seufzte und drückte eine Handfläche gegen ihre Stirn. „Du hast recht. Bedenke ich Frau Webers Geschwätz und euer seltsames Verhalten, möchte ich es wirklich nicht wissen. Ich kann nur zu Gott beten, dass alles, was ihr tut, weder unüberlegt noch unmoralisch ist. Ich hätte euch niemals ohne Aufsicht zurücklassen dürfen, aber wer hätte ahnen können, dass ihr beide verantwortungsloser als Lotte seid?" Mit diesen Worten drehte sich Mutter um und verschwand in ihrem Schlafzimmer. Ihre beiden Töchter blieben wie versteinert zurück.

„Hat sie das wirklich gesagt?", murmelte Anna. „Ich hatte schon befürchtet, sie würde uns Zimmerarrest ohne Essen geben, bis wir ihr die Wahrheit sagen."

„Ich bin mir sicher, dass sie sich bereits eine Version zusammengereimt hat, die der Wahrheit sehr nahekommt, und beschlossen hat, dass sie es nicht wissen will ..." Ursulas Herz schlug immer noch im Stakkato. Sie trocknete ihre verschwitzten Handflächen mit einem Geschirrtuch und fügte hinzu: „Ich muss zur Arbeit. Bis heute Abend. Hab dich lieb, Schwesterherz."

In Plötzensee konnte sie es einrichten, dass eine Kollegin ihre Schichten für die nächsten zwei Tage übernahm und sie im Gegenzug dafür die nächsten zwei Wochenenden arbeitete. Als sie abends nach Hause kam, hatte sich Mutter bereits in ihr Zimmer zurückgezogen, wofür Ursula dankbar war. Es wäre unbehaglich gewesen, zusammenzusitzen und über das einzige Thema *nicht* zu sprechen, über das sich alle die Köpfe zerbrachen.

Am nächsten Morgen sammelte sie Andreas' Papiere zusammen, die ihr nach seinem Tod geschickt worden waren, umarmte Mutter und Anna zum Abschied mit einem dicken Kloß im Hals und ging dann zum Treffpunkt mit Tom. Ihr Ehering funkelte golden in der Sonne. *Es ist ein Segen, dass ich ihn immer noch trage.*

Tom wartete bereits auf sie, sorgfältig gekleidet und gekämmt. Sie gab ihm seine Papiere und er nahm ihren Arm, wie es jeder galante Ehemann tun würde. Ein Kribbeln breitete sich in ihrem Körper aus.

„Bist du bereit, es zu wagen?" Er sah sie fragend an.

„Nein, und ich glaube, dass ich es niemals sein werde, aber lass es uns trotzdem tun." Ursula kicherte nervös und war dankbar für das Selbstvertrauen, das er ausstrahlte.

„So mag ich mein Mädchen. Tapfer und nie den Humor verlieren." Er küsste ihre Wange und das Kribbeln in ihrem Körper verstärkte sich.

„Ich bin nur froh, dass du für den Rest unserer Reise nicht sprechen darfst", erwiderte sie und freute sich ein wenig angesichts seines belämmerten Gesichtsausdrucks.

Dann hob er die Hand an die Lippen und tat so, als ob er einen Schlüssel drehte und ihn wegwarf. Ein paar Minuten später stiegen sie in den Bus, der sie auf die gleiche Reise zum Bahnhof Zoo brachte, die sie erst wenige Tage zuvor unternommen hatten.

Sie kaufte die Fahrscheine ohne Vorkommnisse, Papiere wurden überprüft und erneut überprüft und niemand hegte auch nur den leisesten Verdacht. Als sie endlich einen Platz im Zug gefunden hatten, ließ sie sich mit einem Seufzer gegen die Rückenlehne sinken, laut genug, damit die anderen Fahrgäste aufblickten.

Ursula warf einen Blick in müde, kummervolle Gesichter. Gesichter, die von schrecklichen Erlebnissen erzählten, von grauenvoller Angst und von der Hoffnung, dem Albtraum der Hauptstadt zu entkommen. Sie fragte sich, ob das alles Evakuierte waren. Trotz der Menschenmassen wurde kaum geredet und die Atmosphäre blieb distanziert.

So sehr sie sich danach sehnte, sich mit Tom zu unterhalten, mussten sie die Täuschung um jeden Preis aufrechterhalten. Es war seine einzige Hoffnung, Deutschland lebend zu verlassen. Während der gesamten Reise saßen sie schweigend und händchenhaltend nebeneinander. Einige Stunden später hielt der Zug in Stralsund.

„Endstation."

Tom warf ihr einen fragenden Blick zu.

„Der Zugführer sagt, hier ist Endstation, aber er sagte nicht, warum. Wir müssen den Rest des Weges zu Fuß gehen." Sie sprach mit übertriebenen Mundbewegungen, als wollte sie, dass er ihre Worte von den Lippen ablas.

Zusammen mit mehreren Hundert anderen Passagieren stiegen sie aus dem Zug aus. Alle Passagiere wollten auf die Insel Rügen, die über den Rügendamm, eine dreieinhalb Kilometer lange Brücke, mit dem Festland verbunden war. Jemand verkündete, der Zug müsse zurückfahren und die Evakuierten sollten zu Fuß über die Brücke gehen.

Ursula und Tom folgten der langen Menschenschlange vor

ihnen. Es war eine traurige Prozession von Menschen, die die endlose Brücke überquerten. Entschlossenheit beherrschte ihre Gesichter und niemand hielt inne, um mit den anderen zu sprechen, wie sie es vor dem Krieg getan hätten.

Die meisten von ihnen trugen Koffer oder anderes Gepäck. Ursula vermutete, dass das alles war, was sie noch besaßen, nachdem sie ausgebombt worden waren. Wie die meisten Menschen hatte auch ihre Mutter einige Koffer mit dem Nötigsten in den Wohnungen von Freunden und Verwandten in verschiedenen Ecken Berlins deponiert, für den Fall, dass sie ihr Zuhause verlieren würden. Zwei ihrer vier Koffer waren bereits zusammen mit den Sachen der Familie, die in diesem Haus gewohnt hatte, in Flammen aufgegangen.

Kurz nach dem Aussteigen aus dem Zug wurden sie nach ihren Ausweispapieren gefragt und noch einmal, bevor sie die Brücke betraten. Im allgemeinen Trubel schien niemand zu bemerken, dass sie nicht zu den anderen Reisenden passten.

Ursula war zu sehr mit ihren eigenen Gedanken beschäftigt, um der wunderschönen Landschaft ihre Aufmerksamkeit zu schenken. Der Blick von der Brücke hinunter über die Ostsee, die im Sonnenschein funkelte, wäre spektakulär gewesen. Eine sanfte Brise blies ihr den Geruch von Salz und Fisch in die Nase, vermischt mit dem Geschmack von frischer Erde und Gras. Sie strich sich eine Haarsträhne aus den Augen hinter das Ohr.

Die Nachmittagssonne leuchtete hell und hätte sie geblendet, wenn sie ihre Augen nicht auf den Boden gerichtet hätte. Mit jedem Schritt spürte sie, wie ihre Nervosität anstieg. Ja, sie wollte Tom in Sicherheit bringen, aber sie fürchtete auch den Moment, an dem sie sich verabschieden musste. Sobald sie ihn zum Schiff gebracht hatte, musste sie gehen. Er würde das Land verlassen, ohne eine Spur zu hinterlassen, und bald würde er nicht mehr als ein Geist sein, der in ihrer Erinnerung herumspukte.

KAPITEL 22

Die Insel Rügen zeichnete sich am Horizont ab und in etwa hundert Metern endete die Brücke und sie würden die Insel betreten. Der Treck wurde langsamer. SS und Grenzpolizei standen am Ende der Brücke.

„Papiere, bitte", sagte ein SSler.

Ursula überreichte ihm ihre und Toms Papiere, während Tom mit halb geöffnetem Mund auf den Boden starrte und ununterbrochen mit dem Kopf wackelte.

„Diese Papiere sind ungültig."

Ursula wäre bei seinen Worten beinahe umgekippt. Hätte Tom nicht mit einem gnadenlosen Griff ihren Arm festgehalten, hätte sie alles zu Boden geworfen und wäre losgerannt – wie die falsche Krankenschwester am Bahnhof. Und sie wäre wahrscheinlich genauso geendet.

„Warum, Herr Wachmann? Unsere Papiere …" Ursula konnte ihr verängstigtes Keuchen kaum unterdrücken.

Der SS-Beamte ignorierte sie und wandte sich an Tom. „Sie und Ihre Frau sind derzeit in Berlin registriert. Die Gebäude in Prora sind ausschließlich für Evakuierte aus Hamburg vorgesehen. Wussten Sie das nicht?"

Tom hob den Kopf und wackelte weiterhin mit dem Kopf, ein blödes Grinsen auf seinen Lippen.

„Mein Mann kann Sie nicht hören", wandte sich Ursula an den Beamten. „Er kam taub und stumm von der Front zurück. Schützengrabenschock, sagt der Arzt."

Der SS-Mann sah unsicher drein. Tom trat einen Schritt näher an Ursula heran, als hätte er Angst. Sabber tropfte von seiner Unterlippe.

„Ich dachte, wir wären hier draußen besser aufgehoben, denn die ständigen Luftangriffe in Berlin verschlimmern seinen Zustand noch. Der Arzt sagt, mein Andreas könne wieder er selbst werden, wenn ich mit ihm weit weg vom Kriegsgeschehen gehe." Ursula war stolz auf sich. Anna war nicht die einzige in der Familie mit schauspielerischen Fähigkeiten.

„Danken Sie Ihrem Mann für das Opfer, das er für unser Land erbracht hat, Frau ..." Er sah auf die Papiere, die er noch in der Hand hielt. „... Hermann. Aber Befehl ist Befehl. Ich kann Ihnen nicht erlauben, Rügen zu betreten. Sie müssen zum Festland zurückkehren." Er gab ihr die Papiere zurück.

Ursula wollte vor Erleichterung schreien, weil er sie nicht verhaftet hatte, aber stattdessen sagte sie mit ernstem Gesicht: „Vielen Dank, Herr Wachmann." Ein Stoßseufzer entfloh ihrer Lunge, als sie sich zu ihrem *Ehemann* umdrehte und an seinem Arm zog, um ihm zu bedeuten, dass sie umkehren mussten.

„Gnädige Frau", rief der SS-Beamte ihr wenige Sekunden später hinterher. Das Blut gefror in ihren Adern, aber sie drehte sich trotzdem um. „Ja?"

„Nehmen Sie in Stralsund einen Bus nach Jakobsdorf. Wenn Sie hart arbeiten können, sagen Sie dem Bürgermeister, dass SS-Sturmmann Kunze Sie empfohlen hat."

Erleichterung huschte über ihr Gesicht. „Vielen Dank für Ihre Freundlichkeit, Sturmmann Kunze."

Der Rückweg über die Brücke war noch deprimierender als der Hinweg. Nun sahen sie in die müden, verzweifelten und gequälten Gesichter der Evakuierten und mussten gegen den Menschenstrom ankämpfen. Anstatt auf die grüne Insel Rügen, die wie ein Juwel in der Ostsee lag, blickten sie nun auf die alte Hansestadt Stralsund mit ihren typischen roten Backsteingebäuden.

Unter normalen Umständen hätte Ursula die Schönheit dieser Stadt bewundert, aber sie dachte nur an ihr Scheitern. Tom kehrte auf das deutsche Festland zurück und entfernte sich mit jedem Schritt weiter von der Freiheit.

Als sie ihren Ausgangspunkt wieder erreicht hatten, entfernten sie sich von der Menge, bis sie einen abgelegenen Platz am Strand fanden, wo sie in den Sand fielen und sich aneinanderlehnten.

„O Gott, Tom. Was machen wir jetzt?“, fragte Ursula verzweifelt.

„Mach dir keine Sorgen. Wir leben noch. Wir werden einen anderen Weg finden, um auf die Insel zu gelangen.“ Er schlang seine Arme um sie und spendete ihr so Trost. „Du solltest zurückkehren, bevor es zu spät wird.“

Ursula lehnte ihren Kopf an seine Schulter. „Nein. Ohne mich schaffst du es nicht bis zum schwedischen Schiff. Wer weiß, wie viele Kontrollpunkte es noch auf Rügen gibt.“

„Ursula …“

Sie stieß ihn weg und funkelte ihn wütend an. „Ich bin nicht so weit gekommen, um dich hier deinem Schicksal zu überlassen. Ich werde bei dir bleiben, bis wir das Schiff vor uns sehen. Und das ist mein letztes Wort, verstanden?“

„Jawohl. Dein Blick ist tödlicher als ein Hieb mit einem Bajonett, Frau Hermann“, gluckste er.

„Ohh … du … du …“ Ihr fiel kein passendes Schimpfwort ein und der treuherzige Ausdruck in seinen Augen half auch nicht, wütend auf ihn zu bleiben. „Das Schiff fährt morgen Nachmittag, aber wir müssen spätestens morgen früh in Saßnitz sein, um die Kontaktperson mit deinen neuen Papieren zu treffen. Du bist ein schwedischer Händler, der im Erzgeschäft arbeitet."

„Das ist ein ganz schöner Aufstieg von einem taubstummen Idioten." Er sah sie verschmitzt an. „Obwohl ich es geschätzt habe, dich zu meiner ständigen Verfügung zu haben."

Ursula schlug ihm auf den Arm. „Dies ist nicht der richtige Zeitpunkt für Witze, Oberleutnant Westlake."

„Nicht? Wann ist dann die richtige Zeit für Witze? Wenn ich unter der Erde liege?"

Sie schauderte. Die Gefahr war ihnen dicht auf den Fersen und das Risiko zu sterben, bevor er das sichere Schiff erreichte, war nicht weit entfernt.

„Du machst dir zu viele Sorgen, Liebes." Tom schlang seine Arme um Ursula und zog sie eng an seine Brust. Er legte seinen Kopf an ihren, die blonden Locken strichen sanft über sein Gesicht. „Wir werden einen anderen Weg finden, das verspreche ich."

KAPITEL 23

Nachdem Tom sie davon überzeugt hatte, dass immer noch Grund zur Hoffnung bestand, besprachen sie andere Möglichkeiten, die Insel Rügen zu erreichen. Der einzige Weg zu Fuß führte über die Brücke, was inzwischen außer Frage stand.

„Wir müssen irgendwie das Wasser überqueren," Tom lehnte sich zurück und blickte über den Strelasund, die Meerenge zwischen dem Festland und Rügen. Die Abendsonne stand tief am Horizont und warf einen rotgoldenen Schimmer über das Wasser. Die Insel Rügen ragte aus dem Meer, so nah und doch so fern. Er seufzte schwer.

Ursula hatte den Eindruck, dass er sich nach einer viel größeren Insel sehnte, wie er so nach Westen in die Sonne blickte.

„Es ist zu weit zum Schwimmen, wir würden ertrinken. Außerdem, wenn wir auf der anderen Seite klatschnass ankommen, erregt das Misstrauen", sagte Ursula. Natürlich konnte sie schwimmen, aber sie hatte es noch nie weiter geschafft als ein paar Dutzend Meter an einem der beliebten Badestrände Berlins.

„Ganz meine Meinung. Wir brauchen ein Boot." Er sprang auf und zog sie mit sich. „Komm schon, mal sehen, ob uns jemand mitnimmt."

Auf der Suche nach einem Boot gingen sie am Wasser entlang. Die Sonne verschwand bald hinter dem Horizont und innerhalb weniger Augenblicke wich die warme Septembersonne einer kühlen Brise. Einige Minuten später stießen sie auf einen kleinen Fischerhafen, in dem unzählige Boote an einem klapprigen Holzsteg festgemacht waren.

Tom schlüpfte nahtlos in seine Rolle des schwedischen Kaufmanns, der einen Weg über den Strelasund finden musste, und fragte unzählige Fischer, ob er ihr Boot für die Nacht mieten könne. Aber alle sagten Nein – mit einem misstrauischen und ängstlichen Ausdruck in den verwitterten Gesichtern. Schließlich, gerade als Ursula die Hoffnung aufgeben wollte, erklärte sich der Besitzer eines alten und schäbigen Ruderboots bereit, es an sie zu vermieten. Gierig nahm er das angebotene Geld entgegen und warnte sie davor, den Außenbordmotor zu benutzen, da dies den Grenzposten alarmieren würde.

Darüber hinaus stellte der Fischer keine Fragen und Ursula hatte den Eindruck, dass er genauso sehr vor den Behörden auf der Hut war wie sie.

„Wartet auf die Nacht und immer schön links halten, sonst werdet ihr ans Festland getrieben", nuschelte der Fischer.

Tom warf ihr einen fragenden Blick zu, aber Ursula schüttelte den Kopf. Erst als der Fischer verschwunden war, wiederholte sie seine Worte. „Er hat uns geraten, auf den Einbruch der Dunkelheit zu warten und nach links zu rudern, sonst driften wir zurück zum Festland."

„Gut zu wissen. Ich habe kein einziges Wort verstanden, welche Sprache hat er gesprochen?"

„Irgendeinen genuschelten Dialekt. Selbst ich hatte Schwierigkeiten, ihn zu verstehen."

Dann setzten sie sich auf den Pier, von einem Poller vor

neugierigen Blicken geschützt, und aßen ihren Proviant, während sie darauf warteten, dass die Dunkelheit einsetzte.

„Glaubst du, wir schaffen es?", flüsterte Ursula.

„Klar doch. Jetzt wird alles gut, oder?"

„Ich hoffe so sehr, dass du recht hast, dass alles anders wird. Du kehrst nach Hause zurück, der Krieg endet hoffentlich bald und dann ..." Sie biss sich auf die Lippe, weil sie ihre Gedanken nicht preisgeben wollte.

„Und was dann?", fragte Tom und hielt sie mit seinen smaragdgrünen Augen im Bann.

„Ich weiß nicht ... Vielleicht könnten wir uns dann wiedersehen", gab sie zu und spürte, wie ihr Herz schneller schlug.

„Das würde mir sehr gefallen." Er nahm ihre Hand und drückte sie für einen Moment. „Lass uns gehen, es wird nicht mehr dunkler und wir haben einen langen Weg vor uns."

Das Boot knarrte und schwankte, während er ihr beim Einsteigen half. Die Nacht war inzwischen pechschwarz und das einzige Licht kam von den Sternen, die sich auf der Meeresoberfläche spiegelten. Der Strelasund war durch die Insel vor Wind und Wellen geschützt, was das Rudern relativ einfach machte. Aber je weiter sie sich vom Land entfernten, desto mehr sank die Temperatur, und Ursula schlang ihren Schal fester um ihre Schultern.

Sie saß mit dem Gesicht in Fahrtrichtung, der Blick auf die dunkle Silhouette der Landzunge gerichtet, die der Fischer als unauffälligste Landezone empfohlen hatte. Wann immer Tom vom Kurs abkam, gab sie ihm Korrekturanweisungen. Als sie die Hälfte der Strecke zurückgelegt hatten, peitschten ihr salzige Gischt und scharfer Wind ins Gesicht. Das einzige Gespräch war gedämpftes Geflüster, „links" oder „rechts". Dennoch hallten die Worte über das Wasser und klangen wie Schreie in ihren Ohren.

„Halt", flüsterte sie, als sie ein Dröhnen wahrnahm. Tom erstarrte mitten in der Bewegung und ließ die Ruderblätter mit einem sanften Gurgeln durchs Wasser gleiten. In der Ferne hörten sie Stampfen und Rufen, dann war es wieder still.

Sie warteten noch eine Minute lang regungslos, bis Tom wieder zu rudern begann. Ursula zitterte in der kühlen Nachtluft und betete, dass sie dieses Boot lebend verlassen würden. Ertrinken wäre ein noch grausamerer Tod als Ersticken. Unwillkürlich hielt sie sich an der Bootskante fest.

Nach gefühlten Stunden erreichten sie endlich das Ufer. Keine Menschenseele war zu sehen und die Ansammlung von Treibgut am Strand machte deutlich, dass dieser Teil der Insel nicht oft besucht wurde. Der Fischer hatte ihnen einen ausgezeichneten Ratschlag gegeben. Sie hatten nicht gefragt, wie er das Boot zurückholen würde, aber Ursula war sich sicher, dass er seine Mittel und Wege hatte.

Tom grub die Ruder in den Sand, um das Boot leise nach vorne zu schieben. Keiner gab einen Laut von sich und Ursula hielt beim Geräusch des sanft plätschernden Wassers unwillkürlich den Atem an. Als sie nah genug am trockenen Sand waren, sprang Tom aus dem Boot und half dann Ursula heraus. Danach versteckten sie das Boot in der Nähe eines Felsens und stiegen die Düne in nordöstlicher Richtung hinauf. Sie bewunderte Toms außergewöhnliche Fähigkeit, die Himmelsrichtung durch einen simplen Blick in den Himmel zu bestimmen.

Bald erreichten sie eine Straße. Einige Minuten später zeigte ein Schild an, dass sie sich auf dem Weg nach Saßnitz befanden. Glücklicherweise hielt ein vorbeikommender Lastwagen mit Evakuierten an und der Fahrer forderte sie auf, einzusteigen.

Weit nach Mitternacht erreichten sie endlich das Haus, wo eine Kontaktperson ihnen Toms schwedische Papiere und eine Fahrkarte für das Schiff von Saßnitz nach Trelleborg überreichte.

Die Witwe hatte vor dem Krieg Zimmer in ihrem Strandhaus an zahlungskräftige Kunden vermietet und bewirtete nun die wenigen reisenden Kaufleute aus Schweden oder Dänemark.

Sie kannte Pfarrer Bernau schon seit über dreißig Jahren, bevor sie nach Rügen eingeheiratet hatte. Seit einigen Jahren beherbergte sie ab und zu Gäste, denen sonst kein Zimmer vermietet wurde.

Sie zeigte ihnen das Zimmer und Ursula starrte schockiert auf das große Ehebett. Es wurde doch nicht etwa von ihr erwartet, das Bett mit einem Mann zu teilen, oder? So seltsam es auch klang, dieser Gedanke, der sie mehr verschreckte als die Aussicht, wieder einem SS-Beamten gegenüberzustehen, verursachte auch eine ungewöhnliche Hitze in ihrem Körper.

„Ich mache mich fertig fürs Bett“, hauchte sie und flüchtete ins Badezimmer, wo sie sorgfältig die Tür hinter sich schloss. Sie nahm sich übermäßig viel Zeit, um das knöchellange Baumwollnachthemd anzuziehen, ihr Haar zu kämmen, bis es glänzte, sich die Zähne zu putzen und für alles andere, was ihr noch einfiel, in der Hoffnung, dass Tom in der Zwischenzeit einschlafen würde. Als ihr nicht mehr einfiel, schlich sie sich aus dem Badezimmer.

„Oh, ich muss schon sagen. Du siehst umwerfend aus“, sagt er bewundernd. Er nahm ihre Hand und zog sie an seine Lippen, um einen sanften Kuss auf ihren Handrücken zu drücken. „Danke für alles, was du für mich getan hast.“

Ursula drehte den Kopf weg. Es war seltsam. Sie kannten sich erst seit wenigen Wochen, aber sie hatte das Gefühl, dass Tom ein Teil von ihr geworden war. Er nahm ihr Kinn in eine Hand und drehte sanft ihren Kopf, so dass sie gezwungen war, in seine grünen Augen zu blicken. Dann fragte er mit leiser Stimme: „Wirst du es schaffen, alleine nach Berlin zurückzukehren?“

„Natürlich werde ich das schaffen“, antwortete Ursula. Aber plötzlich drückte eine schwere Last auf ihre Brust und nahm ihr den Atem. Wie konnte sie mit der Gewissheit leben, ihn nie wiederzusehen?

„Gut.“ Stille breitete sich aus, die noch intensiver wurde, weil die beiden außerstande waren, den Blick voneinander zu lösen.

„Ich werde dich vermissen, Tom.“

„Das muss nicht für immer sein, Ursula. Wenn du nicht willst, dass es so ist“, sagte er, während seine Augen sie gefangen hielten. Sie hatte noch nie in die Tiefe einer Seele geblickt wie in diesem Moment. Seine Augen verrieten seine wahren Gefühle für sie, aber sie sah auch ihre eigene Verwirrung und Schuld, die sich in ihnen widerspiegelte. Sie waren noch immer Feinde.

„Willst du, dass es das Ende ist?“ Ihre Worte waren kaum hörbar. Sie hatte Angst vor der Antwort. Angst, dass er Ja sagen würde. Aber auch genauso viel Angst, dass er verneinte. Es gab keine Lösung für ihr Dilemma und es würde niemals ein *Glücklich sein bis ans Ende ihrer Tage* geben.

„Nicht für eine Sekunde.“ Die Ehrlichkeit leuchtete in Toms Augen, als er mit einer Hand durch sein kurzgeschnittenes dunkles Haar fuhr. „Ich habe noch nie jemanden getroffen, der so mutig oder fürsorglich ist wie du, Ursula. Ich verdanke dir mein Leben, aber das ist nicht alles. Du hast mein Herz und meine Seele erobert. Mein ganzes Wesen gehört auf ewig dir. Es ist mir egal, ob sich unsere Länder im Krieg befinden und wir Feinde sind. Ich liebe dich.“

Ursulas Kinnlade fiel herunter. Ohne Worte stand sie regungslos da, als er seine Hand hob, um ihr übers Haar zu streichen. Sie bewegte sich nicht, als seine Finger ihre Wange streichelten. Und sie wehrte sich nicht, als er einen innigen Kuss auf ihre Lippen drückte. Aber als er sie in seine Arme nahm und hinüber zum Bett trug, schlang sie ihre Arme um seinen Nacken und ihr Körper zitterte in Erwartung dessen, was kommen würde.

KAPITEL 24

Der nächste Morgen war kalt, ein sanfter Nebel schwebte in der Luft und trübte das hellblaue Licht der Dämmerung. Ursula erwachte in Toms Armen auf den weißen Bettlaken und klammerte sich an ihn wie eine Schiffbrüchige auf dem Ozean. Sie standen auf und zogen sich schweigend an. Jetzt, da sich ihre gemeinsame Zeit dem Ende näherte, fanden sie nicht mehr die richtigen Worte.

Sie gingen die vier Kilometer zum Hafen von Saßnitz zu Fuß. Von weitem erkannten sie die schwedische Flagge, die hoch oben auf einem der Schiffe im Wind wehte.

Ursulas Nerven lagen blank. Sie waren dem Erfolg so nahe, aber es konnte noch so viel schiefgehen. Tom hingegen ging neben ihr mit dem selbstbewussten Schritt eines reichen Kaufmanns, der vom in ganz Europa tobenden Krieg unberührt blieb.

Beim Gedanken daran, wie gut er seine verschiedenen Rollen gespielt hatte, umspielte ein kleines Lächeln ihre Lippen. Aber wenn man am Rande zum Tod schwebte, wurde wahrscheinlich alles, was Hoffnung versprach, einfach.

Rügen war an diesem Morgen besonders schön. Der Tau

glänzte auf dem Gras und ein tiefblauer Streifen Meer war an den Horizont gemalt. Mehrmals hielten sie an, um einen Blick auf die majestätischen weißen Kreidefelsen zu erhaschen.

„Sie ähneln den Weißen Klippen von Dover", sagte Tom und seine Augen füllten sich mit Sehnsucht.

„Du hast Heimweh, oder?", fragte sie ihn und schlang ihre Finger um seine.

„Ja, schon, aber …" Er beendete seinen Satz nicht und sah weg. Es gab nicht viel zu sagen. Einige Dinge ließen sich nicht ändern.

Als sie sich dem Hafen näherten, fragte sie: „Bist du sicher, dass der Grenzposten deinen englischen Akzent nicht von einem schwedischen unterscheiden kann?"

„Solange sie kein Schwedisch sprechen ,", gluckste er.

Ursula blieb stehen und warf ihm einen ängstlichen Blick bei der Erinnerung an die falsche finnische Krankenschwester zu. „O Gott, daran habe ich gar nicht gedacht. Was wäre, wenn …" Ein Kuss versiegelte ihre Lippen und hinderte sie daran, ihren Satz zu beenden.

„Du machst dir zu viele Sorgen, *darling*. Jetzt, wo ich das Schiff sehen kann und die Freiheit schmecke, werde ich mich nicht mehr von diesen verdammten *Jerries* fangen lassen." Ein Blick in ihr Gesicht brachte ihn zum Schweigen und seine Ohren wurden puterrot. „Es tut mir leid. Ich … ich habe natürlich nicht dich damit gemeint."

„Ich weiß." Ursula legte eine Hand auf seinen Arm. „Noch ein Grund, warum du gehen musst."

Am Hafen angekommen, umarmten sie sich innig und wollten einander nie wieder loslassen. Tränen liefen über Ursulas Gesicht und sie konnte sehen, dass auch seine Augen feucht wurden. Sie fuhr sich mit dem Handrücken über das Gesicht und schniefte. „Ich weiß, dass du gehen musst, ich *wünschte* nur, dass es nicht so wäre."

Er nahm ihre Hände zwischen seine und küsste ihre Tränen

weg, bevor er sagte: „Mir geht es genauso. Komm mit mir, Ursula. Werde meine Frau, nicht nur als Scharade, sondern in echt."

Ihr Herz schlug so heftig, dass das Blut in ihren Ohren rauschte. Freude und Verzweiflung übermannten sie. „Tom, du weißt, ich kann nicht. Meine Familie ist hier. Anna, Lotte, Mutter. Sie brauchen mich genauso sehr, wie ich sie brauche." Sie schlang ihre Arme um seinen Nacken und sah ihm tief in die Augen. „Ich muss bleiben, nicht nur für meine Familie, sondern auch für andere, die meine Hilfe brauchen. Du hast doch gesehen, welch schreckliche Dinge hier vorgehen. Wenn ich dem jetzt den Rücken kehre, ohne meinen Teil dazu beizutragen, etwas zu verändern, dann bin ich ein Feigling, schlimmer als die Nazis selbst."

Tom schüttelte den Kopf. „Du bist kein Feigling, Ursula. Du bist mit Abstand die mutigste, entschlossenste, sanftmütigste, fürsorglichste, aufrichtigste, ehrlichste und treueste Person, die ich je getroffen habe."

Sie wollte der Versuchung nicht nachgeben, ihm einfach zu folgen und all ihre Nöte hinter sich zu lassen, und fügte hinzu: „Ich wäre in deinem Land genauso unerwünscht wie du in meinem. Was würden deine Vorgesetzten sagen, wenn du ein deutsches Fräulein mit nach Hause bringst, Oberleutnant Westlake?"

Er zögerte und sie spürte seinen inneren Kampf zwischen der Pflicht, seinem Land zu dienen, und dem Verlangen, mit ihr zusammen zu sein. „Wir könnten beide in Schweden bleiben, wir wären dort sicher. Warten, bis der Krieg zu Ende ist …"

„Würde dich das nicht zum Feigling machen?" Ursula sah zu Tom auf und gab ihm einen sanften Kuss. Er seufzte schwer.

„Ich muss hierbleiben und du musst nach England gehen", sagte sie.

„Ich werde auf dich warten." Die Worte platzten aus ihm

heraus. „Ich werde kommen und dich holen, sobald wir den Krieg gewonnen haben."

Eine Träne floss aus ihrem Auge, dann noch eine und dann folgten Tausende mehr. „Ich werde auf dich warten, Tom. Ich liebe dich."

Sie küssten sich ein letztes Mal und dann drehte sich Tom um, um den Grenzposten zu passieren. Sie winkte ihm nach, als er ohne Zwischenfälle kontrolliert wurde und auf das Schiff mit der schwedischen Flagge zusteuerte.

Erst als sie ihn nicht mehr sehen konnte, wanderte Ursula ziellos an der Küste entlang und schaute auf das Wasser, bis sie sich in den Sand fallen ließ. Dann weinte sie so lange, bis alle Tränen versiegt waren. Sie stand auf und machte sich auf den langen Heimweg zu ihrer Familie.

Auf der langen und eintönigen Zugfahrt beobachtete sie, wie die Welt in einer Mischung aus Grün und Braun am Fenster vorbeizog. Zum ersten Mal seit Wochen hatte Ursula keine Angst. Während der mehrfachen Kontrollen ihrer Papiere erstarrte sie kein einziges Mal in Panik. Alles hatte geklappt – Tom war in Sicherheit, genauso wie sie und ihre Familie.

Es wäre so einfach, zur Normalität zurückzukehren, niemals wieder aus der Reihe zu tanzen und so zu tun, als wüsste sie nichts von all den schrecklichen Dingen, die sie erfahren hatte. Aber der Krieg mochte noch Jahre dauern. Ursula verstand nun ihren Auftrag und ihre Rolle in der Welt: denjenigen zu helfen, die ihre Hilfe brauchten, auf jede erdenkliche Art und Weise, unabhängig von den persönlichen Konsequenzen.

Sie erinnerte sich an den Moment, als sie Tom zum ersten Mal in dem Spalt in der Gefängnismauer gesehen und ihn nicht verraten hatte, wie sie es hätte tun sollen. Im Nachhinein war das der Moment gewesen, in dem sich ihr Leben unwiderruflich verändert hatte. Der Wendepunkt, an dem sie aufgehört hatte, eine gehorsame Bürgerin zu sein, die niemals Fragen stellte, und zu einer Frau wurde, die ihre Handlungen nach ihrem eigenen moralischen Kompass ausrichtete.

Im Gegensatz zur öffentlichen Meinung gab es in Wirklichkeit keinen Unterschied zwischen Deutschen, Engländern und sogar Juden. Jeder hoffte, diesen schrecklichen Krieg zu überleben, und einige taten fürchterliche Dinge, die nur mit dem größeren Ganzen gerechtfertigt werden konnten. Sie machte sich keine Illusionen darüber, dass Tom bald wieder am Himmel über ihrer Stadt fliegen und seine tödliche Fracht abwerfen würde. Vielleicht sogar jemanden tötete, den sie kannte. Aber wer war sie, um ihn zu verurteilen? Was er tat, geschah im Dienst seines Landes, um diejenigen zu schützen, die er liebte. Nur sie nicht. Denn sie war der Feind.

Sie mochten sich lieben, aber das änderte nichts am Weltgeschehen.

Ursula erreichte Berlin, fest entschlossen, Pfarrer Bernau zu sagen, dass sie weiterhin Teil seines Netzwerks sein wollte, um dort zu helfen, wo immer sie gebraucht wurde. Ein Lächeln erschien auf ihren Lippen, als sie die letzten Meter zu ihrem Haus ging. Entschlossenheit und ein neugefundener Lebenszweck beschleunigten ihre Schritte.

Sie platzte durch die Wohnungstür und rief: „Mutter, Anna, ich bin zu Hause!"

Niemand antwortete. Wie seltsam. Da die Wohnungstür nicht abgeschlossen gewesen war, mussten sie zu Hause sein. Ursula betrat die Küche und fand ihre Mutter und Schwester weinend vor.

„Was ist passiert?", fragte sie entsetzt.

Mutter schaute mit Tränen in den Augen auf. „Lydia hat angerufen." Ihre Worte wurden von Schluchzern verschluckt. „Lotte …" Sie konnte nicht weitersprechen.

Nein.

Lotte. Ihre kleine Schwester. Ihr Herz brach auseinander und zersprang in tausend Teile, als sie sich jedes erdenkliche Schreckensszenario ausmalte.

„Was? Was ist passiert?“, flehte Ursula. Sie konnte die Unwissenheit nicht eine Sekunde länger ertragen.

Schließlich sah Anna zu ihr auf. „Lotte ist verschwunden.“

Vielen Dank, dass Sie sich die Zeit genommen haben, BLONDER ENGEL zu lesen. Wenn es Ihnen gefallen hat, empfehlen Sie es gern an Ihre Freunde weiter oder schreiben Sie eine Rezension. Mundpropaganda ist des Autors bester Freund.

Wenn Sie mehr über Tom erfahren wollen und wie er ins Gefängnis Plötzensee gekommen ist, tragen Sie sich hier in meinen Newsletter ein. Alle Abonnenten bekommen die Kurzgeschichte *Gewagte Flucht* kostenlos zum Download.

https://marionkummerow.de

Wie es mit Lotte weitergeht, erfahren Sie hier: Dunkle Nacht

ANMERKUNGEN DER AUTORIN

Liebe Leserin, lieber Leser,

vielen Dank, dass Sie BLONDER ENGEL gelesen haben.

Während ich an *Unbeugsam* (Buch 3 in der Trilogie „Liebe und Widerstand im Zweiten Weltkrieg") schrieb, arbeitete ich mich durch die vielen Briefe, die meine Großmutter während ihrer Zeit im Gefängnis geschrieben hat.

Zweimal wurde darin eine Gefängniswärterin erwähnt, die von den Insassen „Blonder Engel" genannt wurde. Sie schrieb nicht viel über die Frau, nur etwas in der Art von „Der blonde Engel erlaubte mir zusätzliche fünfzehn Minuten Besuchszeit" oder „Der blonde Engel sagte, dass Frauen nicht mehr hingerichtet werden." Aber diese beiden Sätze faszinierten mich so sehr, dass ich mich fragte, was für eine Person der Blonde Engel gewesen sein muss, und warum sie ausgerechnet Gefängniswärterin geworden war.

Ich habe Ursula Hermann als Hommage an die reale Person erschaffen, die das Leben meiner Großmutter und der anderen Insassen ein wenig erleichtert hat. Abgesehen von der Anspielung auf den Spitznamen, ist der Charakter „Ursula Hermann" vollkommen fiktiv. Allerdings habe ich bei einer Rechercheereise nach Berlin 2019 herausgefunden, wer der Blonde Engel wirklich war. Abonnieren Sie meinen Newsletter und finden es heraus: https://marionkummerow.de

Übrigens wurden die Frauen in der Regel im Frauengefängnis Barnimstraße festgehalten und erst kurz vor ihrer Hinrichtung nach Plötzensee gebracht. Dies habe ich aus dramaturgischen Gründen (damit Ursula und Tom aufeinander treffen können) im Buch anders dargestellt.

Pfarrer Bernau, den Sie vielleicht noch aus *Unerschütterlich* kennen, ist dem katholischen Pfarrer Buchholz und seinem protestantischen Kollegen Poelchau nachempfunden, die beide in Plötzensee arbeiteten und dem Widerstand angehörten.

Während eines Luftangriffs in der Nacht vom 3. September 1943 wurde ein großer Teil des Gefängnisses zerstört. In dem Chaos, das folgte, gelang es vier zum Tode verurteilten Gefangenen zu fliehen. Dieses historische Ereignis inspirierte mich zu der Geschichte um Ursula und Tom. Mehr über die Rolle des Gefängnisses Plötzensee im nationalsozialistischen Terror erfahren Sie hier:

http://www.gedenkstaette-ploetzensee.de/07_d.html

BÜCHER VON MARION KUMMEROW

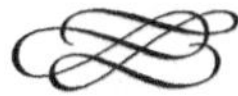

Liebe und Widerstand im Zweiten Weltkrieg

- Band 1: Unnachgiebig
- Band 2: Unerbittlich
- Band 3: Unbeugsam

Kriegsjahre einer Familie

- Prequel: Gewagte Flucht
- Band 1: Blonder Engel
- Band 2: Dunkle Nacht
- Band 3: Tödlicher Ehrgeiz
- Band 4: Agentin wider Willen
- Band 5: Beherzte Rettung
- Band 6: Tollkühner Aufstand
- Band 7: Enorme Opfer
- Band 8: Bittere Tränen
- Band 9: Enthüllte Tarnung
- Band 10: Glücklich Vereint
- Band 11: Heftige Strafe

- Spin-off: Nicht ohne meine Schwester
- Spin-off: Nur die Liebe heilt ein Herz

Schicksalhaftes Berlin

- Band 1: Eine Zeit des Aufbaus
- Band 2: Eine Stadt der Hoffnung
- Band 3: Ein Spielball der Mächtigen
- Band 4: Eine Fahrt ins Ungewisse

Margaretes Weg

- Prequel: Neugeboren aus der Lüge
- Band 1: Ein Licht der Hoffnung
- Band 2: Am Ende dunkler Tage
- Band 3: Die Frau im Schatten
- Band 4: Tochter eines neuen Morgen

Flüchtlingskind

KONTAKTINFORMATIONEN

Ich freue mich über jede Zuschrift:

Twitter:
http://twitter.com/MarionKummerow

Facebook:
http://www.facebook.com/AutorinKummerow

Website
https://www.marionkummerow.de

www.ingramcontent.com/pod-product-compliance
Lightning Source LLC
LaVergne TN
LVHW091252190726
843491LV00001B/234

* 9 7 8 3 9 4 8 8 6 5 0 4 7 *